manholt verlag

Eugène Dabit

Hôtel du Nord

Roman

aus dem Französischen von

Dirk Hemjeoltmanns

MANHOLT

Titel der Originalausgabe
Hôtel du Nord, © 1929 Editions Denoël, Paris

Umschlaggestaltung: Claude Wunschik, Bremen
Gesamtherstellung: Clausen & Bosse, Leck
ISBN 3-924903-24-7

I

Emile Lecouvreur zog seine Uhr, sie zeigte 2 Uhr 20. Monsieur Mercier, ein Makler, hatte sich mit ihm am Quai de Jemmapes beim Schleusenwärterhäuschen pünktlich um 2 Uhr verabredet. Er suchte in Gedanken nach einer Entschuldigung für diese Verspätung und sagte zu seiner Frau und seinem Sohn, die ungeduldig wurden:

– Er ist ein Typ, der sein Geschäft versteht, man kann sich auf ihn verlassen.

Voller Begehrlichkeit betrachtete er das *Hôtel du Nord*, das auf der anderen Straßenseite lag.

Louise Lecouvreur machte einen Vorschlag:

– Wenn wir einfach hineingehen? Wir können den Goutays sagen, daß wir die Käufer sind. Inzwischen kommt vielleicht auch Monsieur Mercier.

– Da ist er schon! rief Lecouvreur. Er zupfte an seinen Ärmeln, dann tippte er linkisch an die Mütze. Ihm war klar, daß er an einem Wendepunkt seines Lebens stand. Er erkannte die Bedeutung der Person, die auf ihn zukam.

Monsieur Mercier hatte keine Mühe, seine Verspätung zu erklären. Es lag an einer verrückten Versteigerung, die wegen einer Hypothekenablösung, einer »Purge«, schwierig gewesen war. Lecouvreur nickte ernst. Es handelte sich wohl, dachte er, um eine Krankheit.

Gemeinsam überquerten Monsieur Mercier und Lecouvreur die Straße, Louise folgte mit ihrem Sohn Maurice. Monsieur Mercier öffnete die Hoteltür; übertrieben feierlich geleitete er Louise hinein, die mit feuerroten Wangen sich hinter ihrem Mann hielt.

Philippe Goutay putzte hinter der Bar Gläser. Man stellte sich vor. Madame Goutay erschien auf der Schwelle zur Küche. Sie entschuldigte sich für ihre bekleckerte Schürze.

– Ich war gerade beim Abwasch, sagte sie. Ich binde mir rasch eine saubere um und komme nach.

Die Hotelbesichtigung begann. Eine schmale steile Treppe, die in halber Höhe einen Knick machte, um einem Fenster Raum zu geben, führte in die erste Etage. Auf den Treppenabsatz mündete ein Flur, von dem die Zimmer abgingen. Licht kam von einem kleinen Innenhof, den die Gruppe über einen Steg passierte, dahinter lag der Flur im Dunkel.

Lecouvreur wurde nachdenklich:

– Sagen Sie ... man kommt sich vor wie in einem Tunnel.

Alles war stockfinster, unmöglich, an den Türen die Zimmernummer zu erkennen. Monsieur Goutay bemerkte, im Februar werde es sehr früh dunkel. Im Sommer sei der Flur strahlend hell. Stolz fügte er hinzu:

– Übrigens gibt es überall elektrisches Licht ..., und nach einer Pause: sogar auf den Toiletten.

Die Besucher gingen hintereinander. Die Türen von zwei Meter Höhe und Breite wirkten in der Dunkelheit wie Flecken von noch dichterem Schwarz. Lecouvreur zählte dreizehn, alle auf der linken Seite. Nach Besichtigung der Etage machten sie kehrt und stiegen hinauf in die zweite. Nun bat Louise Lecouvreur, die Zimmer ansehen zu dürfen.

Spitz erwiderte ihr Madame Goutay:

– Aber selbstverständlich, Madame, aber selbstverständlich. Wir haben hier nichts zu verbergen. Hast du die Schlüssel, Philippe?

Scheinbar aufs Geratewohl öffnete Monsieur Goutay eine Tür. Das Zimmer war so klein, daß sich nur ein einziger Besucher darin aufhalten konnte. So traten alle sechs nacheinander ein. Louise Lecouvreur verweilte einen Moment. Ein fahles Licht klammerte sich an zerrissene Vorhänge, eine verblichene Blümchentapete stimmte die Wände traurig; das Bett stand eingeklemmt zwischen einem

Schrank aus hellem Holz und dem Waschtisch; in einer Ecke lagen neben dem Nachttopf ein paar alte Schuhe herum. Die Enge, die Dürftigkeit, der Geruch dieses Raums schufen Unbehagen. Louise Lecouvreur wandte sich um. Ihre Begleiter waren verschwunden. Sie hörte, wie sie sich im Flur unterhielten; zweifellos sahen sie sich weitere Zimmer an. Ihr genügte das eine.

Emile Lecouvreur wunderte sich nicht über diese Schäbigkeit. Hatte er im Krieg nicht Ähnliches gesehen; und die Nächte in den Scheunen oder gar in der »Herberge zum Sternenzelt«, wie er es lachend nannte. Außerdem mußte man den Zimmerpreis in Betracht ziehen: konnte man für diese Kategorie Besseres anbieten? Der Schmutz überall zeigte, daß die Mieter sich wenig um Sauberkeit kümmerten; der mangelnde Komfort dürfte sie kaum stören. Und wozu waren die Zimmer schließlich da? Doch nur zum Schlafen.

– Sie werden sich schon daran gewöhnen, fing Monsieur Goutay an. Erwarten Sie nicht das Unmögliche. In dieser Gegend mit ihren Fabriken, da hat man die Arbeiter als treue Kundschaft, alles anständige Leute, die prompt bezahlen. Geben Sie niemals Kredit, das ist Mord in unserem Metier ... Von außen hat das Gebäude nichts Besonderes, das stimmt ... könnte einen Anstrich gebrauchen. Aber was wollen Sie, heutzutage würde nur die stundenweise Vermietung das Geld für einen Neuverputz bringen.

Er hielt einen Augenblick inne und fuhr dann fort:

– Das ist hier kein Stundenhotel ...

Die Lecouvreurs antworteten einstimmig:

– Natürlich wollen wir kein Stundenhotel ...

Monsieur Goutay pflichtete bei:

– Für diese Herrschaften gilt das gleiche wie für uns. Denken Sie daran, wenn Sie mit solchen Frauen arbeiten, welchen Ärger man sich für ein Ja oder ein Nein einhandelt, und daß die Polizei in Ihren Papieren wühlt! Nichts davon hier! Die Arbeiter, ein paar junge Mädchen und im dritten Stock die Ehepaare, natürlich ohne Blagen, das ist wie eine richtige Familie ... Ach, ich vergaß, es gibt auch alte Dauermieter, die ihre letzten Tage im Hotel verbringen. Er senkte die Stimme:

– Schweine bleiben Schweine, arme Gäste bleiben arm.

Die Gruppe gelangte ins dritte Stockwerk. Ein Glasdach ließ das Tageslicht herein. Auf dieser Etage hatte man einen Wasserhahn und die Toiletten installiert. Der Flur war ziemlich hell. Bei den Geräuschen, die die Besucher machten, öffneten sich Türen einen Spalt weit.

– Die Paare! erläuterte Madame Goutay.

Lecouvreur folgte Monsieur Goutay auf einen Boden, der als Abstellraum diente. Die beiden Männer inspizierten die Kammern und hievten sich aufs Dach. Von hier sah man, durch eine Fußgängerbrücke verbunden, die Quais de Jemmapes und de Valmy. Sandbeladene Wagen fuhren die Uferböschung entlang. Auf dem Kanal glitten Lastkähne dahin, geruhsam und dickbäuchig wie große Tiere.

Lecouvreur, den diese Dinge normalerweise unberührt ließen, stieß einen Schrei aus:

– Ah, was für eine Aussicht! Sie haben wirklich eine schöne Lage!

Dann fügte er hinzu:

– Ich bin eingefleischter Pariser, aber wissen Sie, ich kenne diese Ecke überhaupt nicht. Man kommt sich vor wie an der See.

Er war neben einem Schornstein stehengeblieben und dachte nach. Über seine Stirn lief eine Querfalte und verlieh seinem Gesicht, seinen kleinen flinken Augen Bedeutung. Rauchschwaden stiegen empor in den Abend; über dem Faubourg du Temple hingen dichte Wolken am Himmel. Der Lärm von Paris drang von überall herauf wie eine undeutliche Ermunterung. Plötzlich entschied er sich, er wollte dieses Hotel um jeden Preis erwerben.

– Wenn Sie bitte mit hinunterkommen und sich die Wohnräume ansehen, sagte Monsieur Goutay zu ihm.

Doch Erschöpfung übermannte ihn. Am Fuß der Treppe spürte er ein unerklärliches Gefühl, das ihm den Hals zuschnürte. Etwas

Unfaßliches stach in sein Herz, der Gedanke an bevorstehende Abschiede, Trennungen, und angesichts dieses noch fremden Orts eine Mischung aus Angst und Zuversicht, eine Ahnung von Gefahr und Abenteuer, die so stark war, daß sie ihn erdrückte. Nein, er hatte wahrhaftig nicht mehr die Kraft, die Besichtigung fortzusetzen. Zudem wurde es schon Abend, die Hotelgäste kamen langsam heim. Es wäre besser, ihre Neugier nicht zu wecken, bevor nicht eine endgültige Übereinkunft getroffen war.

Er versprach dem Makler, am nächsten Tag sein Ja oder sein Nein zu geben. Und er war sehr froh, sich an die Theke lehnen zu können, als Monsieur Goutay zu einer Erfrischung einlud.

II

Auf dem Nachhauseweg reden die Lecouvreurs nur über die Geschehnisse des Tages.

– Richtige Auvergnaten, diese Goutays, bemerkt Louise. Sie stören sich überhaupt nicht an der Unordnung ihrer Gäste. Ich wette mit dir, sie verbringt ihre Zeit damit, Karten mit den Gästen zu spielen. Hast du ihren Haushalt gesehen? Der randvolle Abfalleimer mitten in der Küche. Und die Farbe des Gläsertuchs auf der Theke. Das lädt mich nicht gerade zum Trinken ein! Die Zimmer sind auch reichlich heruntergekommen, aber mit einem Scheuerlappen und ein wenig Geschmack, da könnte man schon etwas Hübsches daraus machen. Weißt du was, ich glaube, Madame Goutay bechert ganz schön! Sie hat eine trockene Kehle, das gefällt mir ganz und gar nicht!

Lecouvreur geht wortlos weiter. Das Geschwätz seiner Frau bekräftigt seinen eigenen Eindruck. Diese Übereinstimmung scheint ihm ein Unterpfand ihres Vorhabens zu sein. Als vor einiger Zeit, nach vielem Gerede, sein Schwager, ein wohlhabender Kaufmann, ihm vorgeschlagen hat, das Geld für den Erwerb eines kleinen Hotels vorzustrecken, hat Louise angesichts der Risiken einer ungewissen Zukunft ihre Bedenken nicht zurückgehalten. Eine so abenteuerliche Entscheidung widersprach der Vorsicht der einfachen Arbeiterin. Für sie bestand das Glück darin, mit ihrer Familie zu leben, ohne Krankheit und ohne Arbeitslosigkeit. Man würde Grund und Boden kaufen. Und was danach? Weder sie noch Emile verstanden etwas vom Geschäft eines Hoteliers. Forderte man nicht das Schicksal heraus, verlangte man nicht mehr, als das Leben bieten kann? Wir sind noch nie Patrons gewesen, stellte sie fest.

Lecouvreur hat sich nicht abbringen lassen. Und nun, seit das Vorhaben Gestalt annimmt, ist sie voller Zuversicht. Sie setzt auf die Hoffnung, auf das Vertrauen. Sieht sie sich nicht, wie sie wäscht, putzt, Betten bezieht? Eine völlig neue Welt öffnet sich ihr, eine Chance, ihr Leben zu verschönern, ihre Zukunft zu sichern …

Lecouvreur ist fest entschlossen, nicht ins Schwärmen zu geraten. Aber wie er sich über die Lebhaftigkeit seiner Frau freut! Er lächelt ihr zu und ermuntert sie mit einem Wort oder mit einer schlichten Berührung ihres Armes, während er in Gedanken überschlägt, welchen Gewinn er aus acht Jahren Vermietung wird ziehen können. Von Zeit zu Zeit beugt er sich zu seinem Sohn hinunter und sagt mit einer Stimme, die vor Glück zittert:

– Ich glaube, das wird eine wunderbare Sache, Maurice!

Sie gehen den Boulevard Barbès entlang. Nebeneinander schreiten sie über diesen Asphalt, der ihr Heimatboden ist. Nebeneinander, vereint, und die Welt öffnet sich vor ihren Hoffnungen. Ihre Augen leuchten. Wie schön es doch ist, so einen Abend zu erleben, zur Stunde, wo die Straßenlaternen angehen, die Lampen in den Hauseingängen, die Lichtreklame und die Schaufensterbeleuchtung. Alle vorherigen Nöte sind vergessen … Louise sieht sich schon beim Schlußverkauf in der *Maison Dorée* , wie sie mit den Fingern in den Stofffluten wühlt. Sie bleibt stehen, das Klopfen ihres Herzens macht sie schwindelig. Auch Lecouvreur möchte gerne allen seine Freude mitteilen. Aber er wird nicht anfangen zu singen, über den Gehsteig zu rennen, seine Frau fest zu umarmen.

Er ruft laut:

– Wir essen zu Abend im Restaurant!

Diese unerwartete Entscheidung begeistert sie. Aber wo werden sie einkehren? Ihr Überschwang ist getrübt von einer Zaghaftigkeit, gegen die sie sich nicht wehren können. Ängstlich überprüfen sie zunächst die Preise im Schein der Reklameschilder, doch dann opfern sie ihre Vorsicht der übermütigen Freude, die sie beflügelt.

Entschlossen stößt Lecouvreur die Tür zu einem einfachen Restaurant auf. Sie betreten einen Eßraum, in dem drei Kronleuchter ein blendendes Licht verbreiten. An einem kleinen Tisch nehmen sie Platz. Auf der schneeweißen Tischdecke glänzen Gläser und das imitierte Tafelsilber. Diese Pracht schüchtert sie ein. Ein Kellner reicht ihnen die Menukarte, wartet auf ihre Bestellung.

Louise liest laut die Liste der Tafelgerichte vor, in ihren Augen blitzt Begehrlichkeit auf.

– Los, meine Kleine, entscheide dich, sagt Lecouvreur.

– Nun, ich weiß nicht ... Eine Suppe, Vorspeisen? Ach, da nimm, such du etwas aus!

Bei sich zu Hause kocht Louise, weil es so sein muß; es ist die letzte Aufgabe, wenn die Arbeit geschafft ist. Aber dieses Restaurant gleicht einem Märchen ... Man stillt hier nicht nur seinen Hunger, man beschwichtigt hier das Gaumenverlangen eines ganzen Jahres.

– Kellner, dreimal Hirn! bestellt Lecouvreur schließlich.

Er entfaltet seine Serviette. Mit einer männlichen Stimme, die seine Frau gar nicht an ihm kennt:

– Was trinken wir? Weißen, Roten?

– Ich möchte Cidre, ruft Maurice.

– Ich ein wenig Weißwein, bittet Louise.

Sie essen schweigsam, mit wahrer Inbrunst. Das reichhaltige Mahl erfüllt ihre Sinne und überrascht ihren Geist ...

Nach dem Dessert der Kaffee. Lecouvreur nennt Maurice wie

früher »Toto«. Liebevoll betrachtet er seine Frau, deren stets ernstes und ein wenig trauriges Gesicht jetzt weicher ist.

– Das ist ein Tag, den man nicht vergißt, sagt er. Ein Tag wie der Waffenstillstand 1918 … Er senkt die Stimme: wir müssen deinen Bruder unterrichten, Louise …

Die Gäste verlassen das Lokal, man kann sich nun ungezwungener unterhalten. Die Lecouvreurs bestärken sich in ihrer Entscheidung. Der Kellner holt sie wieder in die Wirklichkeit zurück, als er einen Kronleuchter ausschaltet.

– Wollen wir den Abend im Theater beschließen, schlägt Maurice vor.

Lecouvreur schüttelt den Kopf.

– Besser, wir gehen nach Hause. Morgen gilt es, gut beieinander zu sein …

Sie gehen langsam heim, ein bißchen träge vom Abendessen. Es fällt ein leichter Regen; die Straßen sind menschenleer; doch für sie ist dieser späte Abend triumphal, ein Komplize ihrer Träume. Sie überqueren die Place Jules-Joffrin. Dort steht die Kirche Notre-Dame de Clignancourt; gegenüber das Rathaus, wo die Lecouvreurs geheiratet haben. Wie lange ist das alles schon her, und welche Wegstrecke haben sie seitdem zurückgelegt!

– Erinnerst du dich? flüstert Louise, die sich zärtlich an den Arm ihres Mannes lehnt.

Sie ist voller Zutrauen. Diese Besichtigung des *Hôtel du Nord* setzt sich auf geheimnisvolle Weise in ihr fort. Niemals hatte sie sich etwas Vergleichbares vorgestellt. Vielleicht ist sie bestimmt für seltsame Begegnungen? Ach was, jedes Leben ist wert, gelebt zu werden. Und das Ungewisse hat immer seine Verlockung und seinen Nutzen. Sie sind ziemlich verachtet worden, weil sie unterm Dach wohnten; man hielt sie für arm, ohne Verbindungen. »Alles wird sich ändern«, sagt sie sich.

III

Lecouvreur erwachte aus einem schönen Traum. Kaum hatte er sich am Quai de Jemmapes eingerichtet, da wurde sein Hotel auch schon zu klein für die Kundschaft. Man mußte das Haus aufstokken. Zahlreiche neugierige Menschen strömten herbei; vom Dach aus konnte man das Meer sehen ...

Als Lecouvreur aufstand, lächelte er über diese glücklichen Vorzeichen. Liebend gern hätte er sie seiner Frau anvertraut, aber sie schlief noch. Er wusch sich und holte seinen neuen Anzug aus dem Schrank; er fühlte sich bereit, voller Selbstvertrauen. Die Nacht hatte ihm Rat gebracht. Ein JA!

Um 9 Uhr fand er sich beim Makler ein.

Ein ehrenwerter Mann, Mercier. Zum Glück, denn Lecouvreur verstand nicht viel von den Papieren, die man ihm zu lesen gab. Der Kaufvertrag kam ihm unverständlich, kompliziert vor, unbegreifliches Zeug aus 14 Artikeln. Er wagte nicht, sich zu rühren oder um Erklärungen zu bitten, noch sich im Büro umzusehen, dessen Wände voller Aktenordner ihn sehr beeindruckten.

Er fuhr sich mit der Hand über die Stirn, als wolle er so die Angst vertreiben, die ihm den Kopf zusammenpreßte. Er war schweißgebadet. Einige verworrene Sätze gärten in seinem Hirn. Alles wäre so einfach ohne diesen Papierkram. Ratlos, verzagt pflichtete er schließlich allem bei.

Monsieur Mercier erhob sich und klopfte ihm auf die Schulter:

– Jetzt sind Sie der Besitzer ... Eine Goldgrube, dieses Haus ...

– Meinen Sie? fragte Lecouvreur. Ich möchte nicht das Geld meines Schwagers durchbringen.

Die Tragweite seiner Tat brachte ihn aus der Fassung. Nervös drehte er seine Mütze zwischen den Fingern.

Monsieur Mercier lächelte.

– Keine acht Jahre, und Sie sind Privatier ... Er schüttelte ihm die Hand: Bis heute abend, bei den Goutays.

Erleichtert begab sich Lecouvreur ins Maraisviertel, wo er lange Zeit als Lieferwagenfahrer gearbeitet hatte. Er wollte seine Freunde wiedersehen.

Er trat bei mehreren Wirten ein und erzählte den Kameraden etwas übertrieben von seinem Abenteuer. Man umringte ihn und gratulierte ihm. Er hatte dieses Glück wirklich verdient!

Den ganzen Tag über stieß er mit Leuten an und nahm Abschied. Gegen 8 Uhr traf er sich wieder mit seiner Frau und seinem Sohn bei den Goutays, die anläßlich der Unterzeichnung des Kaufvertrages ein Abendessen gaben.

Die Goutays hatten im Hintergrund des Lokals zwei Tische zusammengestellt. Auf der weißen Decke reihten sich Teller, Platten mit Vorspeisen, ganz zu schweigen von den Flaschen, die vom Porto bis zum alten Burgunder reichten. In der Mitte der Tafel dampfte bereits die Suppenschüssel.

Die Gäste erschienen. Man nahm Platz. Goutay schenkte den Porto ein.

– Trinken wir, Sie werden davon begeistert sein! Er schnalzte mit der Zunge, hob sein Glas: – Auf Ihr Wohl!

Danach beugte sich jeder über seinen Teller, und man hörte nur noch das Geräusch der Suppenlöffel. Nach dem Hors-d' d'œuvre füllte Goutay die Gläser mit einem Landwein, dessen Bukett er mit einem Augenzwinkern pries. Schon sprach man übers Geschäft, was sonst. Plötzlich sagte Monsieur Mercier in entschiedenem Ton:

– Lassen wir das lieber, es paßt jetzt nicht.

Ausgelassen ließ Goutay zum Nachtisch den Korken eines Schaumweins knallen.

– Wir trinken noch Ihren Keller leer, sagte Lecouvreur leise, der von diesem Empfang ganz gerührt war. Das allzu reichhaltige Mahl, der Burgunder, die tüchtige Zecherei den ganzen Tag über, all das machte ihn rührselig. Er erhob sich mit seinem Glas in der Hand.

– Auf die Gesundheit unserer Nachfolger!

– Nein, nein! unterbrach Monsieur Mercier, das geht nicht. Sie sind jetzt der Inhaber.

Lecouvreur versuchte sich zu verbessern, aber alle lachten, und er setzte sich wieder hin. Vom Lärm angezogen hatten nach und nach einige Gäste das Lokal betreten.

– Das ist wie eine Hochzeit, sagte jemand im Tonfall der Südfranzosen.

– Ja, Monsieur Pluche, erwiderte Goutay. Kommen Sie alle her, ich möchte Sie den neuen Besitzern vorstellen.

Es waren da Mimar, Vater Louis, Pélican, Vater Deborger, Dagot, die »Alten« aus dem *Hôtel du Nord*, und Latouche, der Fuhrunternehmer aus dem Nachbarhaus.

Goutay stellte sie nacheinander vor und mit einer Wendung, die amüsierte, sagte er:

– Ich schmeiß eine Runde für alle im Bunde!

Er hatte noch andere Überraschungen parat. Er war ein bißchen beschwipst, als er seine Frau aufforderte, mit ihm die Bourrée zu tanzen. Stühle wurden in die Küche geräumt, Tische an die Wand geschoben, Marthe Goutay und ihr Ehemann rutschten über den Fliesenboden und setzten zu ein paar schwerfälligen Luftsprüngen an.

Goutay sang dabei. Die Zuschauer klatschten in die Hände, krümmten sich vor Lachen. Was für ein Kerl, dieser Patron!

Monsieur Mercier, Louise und ihr Bruder unterhielten sich in einer Ecke. Lecouvreur ging von einer Gruppe zur anderen, stieß mit dem Glas an, versuchte, das Vertrauen seiner künftigen Gäste zu gewinnen, und betrachtete alles um sich in seligem Vergnügen. Wie sympathisch jeder war! Im Tabakdunst, der das Lokal vernebelte, sah er seine Träume von der Zukunft sich entfalten.

Goutay schaute kurz auf die Wanduhr.

– Ein Uhr, verdammt! sagte er und hörte auf zu tanzen. Bloß heute keine Strafe einhandeln. Muß den Laden schließen.

Zehn Minuten später verabschiedeten sich die Lecouvreurs von ihren Freunden und gingen auf der Fußgängerbrücke über den

Kanal. Sie blieben einen Moment lang stehen, um das *Hôtel du Nord* zu betrachten. Man konnte zu dieser Stunde nicht viel erkennen. Kaum daß man im Schein einer Laterne die Fenster der ersten Etage sah; der Rest verlor sich in der Dunkelheit.

Louise spürte ihre Zuversicht schwinden, die sie eben noch so fröhlich gestimmt hatte. In dem Haus also würden sie leben ... Sie wendete den Kopf ab und fröstelte. Der Kanal lag verwaist da, direkt neben ihnen lief mit einem dumpfen Geräusch Wasser über die Schleusenwand. Sie preßte sich an ihren Mann.

– Oh, Emile, laß uns schnell nach Hause gehen.

IV

Ein paar Tage später zogen die Lecouvreurs um. Auf gut Glück stellten sie ihre Möbel im Hinterzimmer ab. Louise würde sich später darum kümmern und Ordnung schaffen ...

Die Küche war durch eine Glastür vom Café getrennt; sie mündete in einem Winkel, wo sich der Schrank für die Schmutzwäsche und der für den Abfalleimer befanden. Dahinter öffnete sich ein quadratischer Raum mit hoher Decke, kahlen Wänden und zwei Fenstern. Unter der Treppe hatte man einen dunklen Verschlag hergerichtet, die einzige Lichtquelle bildete die Glasscheibe der Tür, das war das Büro. Es enthielt einen Stuhl, den Schaltkasten und ein Eisenbett für den Portier.

Die Lecouvreurs, die es gewohnt waren, beengt zu leben, verbargen ihre Zufriedenheit über diese Räumlichkeiten nicht.

– Sie können sich glücklich schätzen, sagte Madame Goutay. Viele Ladenbesitzer sind schlechter untergebracht. Der Arbeiter hat keine Ahnung davon, er glaubt, bei uns sei alles rosig. Also wirklich, einem Ladenbesitzer geht es nicht so rosig, wie man denkt ... Ich will Sie nicht entmutigen, aber das ist die Wahrheit.

Ständig zur Verfügung stehen oder jemandem einen Gefallen tun, jeden Klatsch anhören. Sonst läßt Sie der Gast im Stich. Nie Ruhe haben, immer irgendeinem Betrunkenen ausgeliefert. Und die Sonntage hier, nichts da!

Die Lecouvreurs hörten nicht auf dieses Gerede. In ihnen rumorte die Ungeduld eines Bauern, der lang ersehnten Grund und Boden in Besitz nimmt.

Lecouvreur hatte eine blaue Schürze um den Bauch gebunden, die Hemdsärmel hochgekrempelt, die Mütze tief in die Stirn gezogen, um mehr Eindruck zu schinden. Neben der Theke wies Monsieur Goutay ihn aufs genaueste ein. Er machte Inventur bei den Aperitifs: Amourette, Junod, Anis del Oso, die den Absinth der Vorkriegszeit ersetzten; Byrrh, Quinquina, Dubonnet, harmlose Getränke; Wermut, Bitter, Cinzano und einige andere Glasfläschchen, deren bunte Farben das Auge erfreuen, bevor sie den Durst anregen.

Anhand der Rechnungen nannte Monsieur Goutay die Adressen der Lieferanten; an einem Aperitifglas mit Wasser zeigte er, wie man zu welchen Anteilen einen »Stehkragen« einschenkte, also das Glas nicht randvoll füllte.

Es war vier Uhr, alle arbeiteten und das Lokal war leer. Plötzlich ging die Tür auf, wie ein Wirbelwind stürmte ein Mann herein:

– Einen Rotwein!

Monsieur Goutay stellte ein Glas auf die Theke und reichte Lecouvreur die Literflasche. Er sah zu, wie dieser einschenkte.

– 50 Centimes, sagte er.

Aber er rührte das Geldstück nicht an, das der Gast hingelegt hatte. Lecouvreur selbst nahm es und legte es mit innerer Zufriedenheit in die Kasse.

Es kamen weitere Gäste. Lecouvreur bediente sie, wischte dann mit einem Lappen über den Zinktresen, spülte die Gläser in einem Becken mit fließend Wasser, überprüfte kurz ihren Glanz:

– Mein Alter, es wird Ihnen noch auf die Nerven gehen, bemerkte Goutay.

Was soll's, Lecouvreur kam es vor, als habe er in seinem Leben nie etwas anderes getan. Er strahlte, die Verwirklichung seines Traums erfüllte ihn mit Zuversicht. Hin und wieder passierte ihm ein Mißgeschick: er zerbrach ein Glas, er verwechselte die Aperitifs, aber Monsieur Goutay tröstete ihn lachend: Gewinn und Verlust, meinte er.

Dieser »Besitzerwechsel«, den ein Spruchband an der Fassade verkündete, versetzte das Hotel in Aufregung. Die Dauergäste defilierten an der Theke vorbei. Sie wunderten sich, Lecouvreur bereits in Funktion zu sehen. Monsieur Goutays Gesicht überzog ein breites Lächeln. Vertraulich legte er eine Hand auf die Schulter seines Schützlings und sagte mit überzeugender Stimme:

– Ihr werdet sehen, Leute, er ist ein As! Er winkte Louise zu sich heran. – Man frißt Sie schon nicht auf! Dann stellte er sie vor.

Das Eis war gebrochen. Lecouvreur schüttelte Hände, goß Getränke mit dem Eifer eines Lehrlings ein und mischte sich in die Gespräche, die wie in allen Cafés um Politik kreisten. Und es überraschte ihn nicht, wenn die Gäste, während er ihnen etwas zum Trinken reichte, ihn im Scherz »Giftmischer« nannten.

Seite an Seite hinter der Theke sagte Monsieur Goutay zu Louise:

– Wissen Sie, so ist das hier jeden Tag.

V

Renée Levesque lebte im Hotel mit dem Maschinenschlosser Pierre Trimault. Sie war ein Mädchen vom Land, blond und mollig, mit unbestimmt blauen Augen und Sommersprossen im Gesicht. Ganze Tage lehnte sie bequem im Fenster und verfolgte mit ihrem Blick die Lastkähne, die genauso so träge dahinglitten wie ihre Gedanken. Sie dachte an die erste Zeit ihres Zusammenseins. Trimault arbeitete damals in Coulommiers; sie hatte ihn in einem Tanzlokal kennengelernt. Sie waren gemeinsam fortgegangen. Verführt von den Versprechungen ihres Verehrers war sie schon bald mit ihm am Quai de Jemmapes gelandet, ihr ganzer Besitz waren ein Koffer aus Weidengeflecht und die Erinnerungen einer Waise …

Jeden Abend wartete Renée auf Trimault am Eingang seiner Werkstatt. Sie lebte nur für diese Augenblicke und machte sich jedesmal mit kindlicher Koketterie zurecht. Sie kam immer zu früh; auf dem Gehsteig vor der Fabrik ging sie auf und ab. Endlich tauchte ihr Liebhaber auf, sie küßten sich auf den Mund.

– Pierre, wir gehen zu Fuß heim, säuselte Renée.

Er schlang seinen Arm um ihre Taille und ließ sie plappern. Sie trödelten an den Schaufenstern der Geschäfte vorbei, blieben an den Straßenecken stehen, um sich den neuesten Schlager anzuhören. Auf diese Weise entdeckte Renée Paris.

In den ersten Monaten führte Trimault sie ins Kino. Aber er war ein jäh aufbrausender, herrschsüchtiger Mann, der sich von seinen Eroberungen leicht trennte. Die Arme war ohne Argwohn, und als Trimault eines Morgens genug von ihr hatte, sagte er nach einem Streit.

– Meine Kleine, ich hab's satt, dich durchzufüttern!

Renée war 22 Jahre alt. Sie war weder hübsch noch häßlich, ihre prallen Backen verrieten noch immer die ländliche Herkunft. Ihre Kindheit war unglücklich und erniedrigend gewesen. Trimault erwies sich als Egoist. Also gut, um ihm zu gefallen, würde sie arbeiten.

Sie ließ sich aufs Leben ein ohne eine Vorstellung von Gut und Böse. Sie bewunderte die Frauen, denen sie auf der Straße begegnete. Die einen kamen ihr herausgeputzt vor wie Filmstars, andere, mitunter sehr junge Mädchen, tummelten sich mit herausforderndem Lächeln in einem Kreis von Männern, und sie beneidete sie um ihre Kühnheit. Sie schämte sich wegen ihres sonnengebräunten Teints und legte Puder auf, sie malte ihre Lippen rot an, und ihr Mund leuchtete wie eine frische Frucht, über die sie mit ihrer Zunge fuhr. Unersättlich studierte sie die Kataloge der Kaufhäuser; bevor sie Pierre abholte, machten sie manchmal einen Umweg zum *Printemps* oder zu den *Galeries*. Ihr Sonntagskleid kam ihr bald recht schäbig vor …

Zu ungeschickt, anderen zu gefallen, hielt sie zu ihrem Liebhaber, der ihr die eigene Schönheit gezeigt hatte. Aus einem dunklen Bedürfnis, sich selbst zu verzücken, blieb sie vor der Spiegeltür des Kleiderschranks stehen und ließ sich von ihrem Gesicht betören. Sie probierte neue Frisuren aus, und jeden Tag schminkte sie sich ein wenig mehr. Ihr Körper bereitete ihr immer wieder Überraschungen. Sie liebte es, sich mit nackten Schönheiten auf den Postkarten zu vergleichen, die sie aus Trimaults Taschen entwendete. Dieses Gegeneinanderhalten erregte sie, machte sie schließlich quälend eifersüchtig. Daß Pierre von ihr erwartete, arbeiten zu gehen, war, das fühlte sie sehr genau, eigentlich das Ende ihrer Liebe. Tief in Gedanken versunken, ohne einen Blick in den Spiegel zu werfen, zog sie sich an.

»Die Lecouvreurs suchen ein Zimmermädchen, sagte sie sich. Vielleicht könnte ich diese Arbeit übernehmen. Pierre wird sehr zufrieden sein …«

Die Arbeit im Hotel schreckte sie nicht ab. Im Waisenhaus hatte sie nähen gelernt und den Haushalt zu führen. Für sie war die Hauptsache, daß Pierre bei ihr blieb.

An diesem Vormittag, das Café war leer, putzte Lecouvreur hinter der Theke Gläser. Renée stieß die Tür auf und trat mit klopfendem Herzen ein.

– Guten Tag, sagte der Patron zu ihr. Möchten Sie etwas trinken?

Sie schüttelte den Kopf und stammelte:

– Brauchen Sie ein Zimmermädchen? …

– Ja. Aber meine Frau ist nicht da. Das ist ihre Sache …

Renée seufzte, sie fürchtete, daß man ihre Anfrage ablehnte. Welche Stelle sonst konnte sie sich erhoffen? Sie setzte sich. Endlich kam die Hotelbesitzerin.

– Mademoiselle würde gern für uns arbeiten, erklärte Lecouvreur.

Louise sah ihre Zimmermieterin an. In den ersten Tagen verachtete sie die Mädchen, die da oben in einer eheähnlichen Gemeinschaft lebten, aber inzwischen war sie weniger streng. An Renée hatte sie nichts auszusetzen, denn sie hielt ihr Zimmer sorgfältig in Ordnung.

– Ich will Sie gerne nehmen, sagte sie. Wir geben 250 im Monat, dazu freie Kost, Wäsche und dann das Trinkgeld der Zimmergäste … Mit der Arbeit werden Sie mit ein bißchen Anstrengung sehr schnell zu Rande kommen. Ich verlange nichts Unmögliches.

Renée hörte nicht mehr zu. Sie dachte an heute abend, an Trimaults Verblüffung. Sie würde ihm um den Hals fallen. Nein, sie würde seinen Kuß abwarten. Sie würde zu ihm sagen: »Rate!« und schon stellte sie sich seine Neugier vor. Man konnte ihn nicht sehr leicht zufriedenstellen! Schließlich könnte sie die Überraschung nicht länger vor ihm verbergen, sie würde es ihm sagen …

Louise riß sie aus ihrem Traum:

– Sie fangen gleich an, nicht wahr? Ich gehe mit Ihnen hinauf in die Zimmer … Nehmen Sie Eimer und Besen mit. Für heute helfe ich Ihnen mit einer alten Schürze aus.

Zum Mittagessen saß Renée mit den Lecouvreurs an einem Tisch. Einige Gäste wunderten sich darüber.

– Ist das Ihr Zimmermädchen, Frau Chefin? Da haben Sie es gut getroffen, Sie brauchten nicht lange zu suchen.

Renée hörte zu; vor Glück röteten sich ihre Wangen. Ein bis dahin nie gekanntes Gefühl von Stolz, von Sicherheit erfaßte sie.

Sie ging wieder zum Arbeiten nach oben, und der Tag verstrich rasch. Um sechs Uhr war sie in ihrem Zimmer. Sie zog ihr schönes Kleid an, stützte sich auf die Fensterbank und wartete auf Trimault.

Es schien ihr, als hätte sie bergeweise Matratzen angehoben, Kilometer von Dielen gefegt. Nummern tanzten in ihrem Kopf. Noch immer war sie völlig überrascht von der Verschiedenheit der Zimmer, die sie betreten hatte. Sie fand ihre Arbeit sehr viel angenehmer als die auf dem Bauernhof. Wenn es Abend wurde, hatte sie dort nichts weiter zu erhoffen als lähmende Stille, und sie hatte viele Kilometer laufen müssen, um ein Tanzlokal zu finden. Hier dagegen, am Quai de Jemmapes, gingen Straßenlaternen an, vermischten ihren Lichtschein mit dem der Schaufenster; Männer kehrten trällernd von der Arbeit heim; unten im Lokal hörte man laute Stimmen.

Ein Fieber verzehrte Renée. Sie hatte bereits ihre Zukunftspläne vor Augen. Pierre würde sie heiraten ... Was macht er nur, murmelte sie vor sich hin. Er wird sich in einem Café verspätet haben und käme grollend nach Hause, weil er seine Sous verschwendet hatte. Aber sie verzieh ihm seine Fehler, denn unter so vielen anderen Frauen hatte er sich sie ausgesucht.

Sie träumte noch immer, als Pierre plötzlich die Tür öffnete:

– Was treibst du denn hier in der Dunkelheit.

Er schaltete das Licht ein, warf seine Mütze in die Ecke und ließ sich auf einen Stuhl fallen.

– Du machst dir nichts mehr aus mir. Ich habe auf dich am Fabriktor gewartet, sagte er abweisend.

Renée unterdrückte ein Lächeln. Sie ging auf Trimault zu, umschlang seinen Hals mit ihren bloßen Armen; Küsse öffneten seine Lippen. »Pierre«, flüsterte sie ... Doch er stieß sie zurück. Sie hielt es nicht länger aus und rief:

– Pierre, ich arbeite!

– Das kommt nicht zu früh, antwortete er, ließ sich jedoch seine Zufriedenheit nicht anmerken.

Er dachte an die Annehmlichkeiten eines leichteren Lebens und ließ Renée sich auf seine Knie setzen. Zerstreut fuhr er mit seinen schwarzen Händen durch ihr Haar, und den Kopf nach hinten geworfen schloß sie vor Glück die Augen. Ein paar Minuten später, denn er hatte Hunger, und heute könnten sie beide sich etwas Besonderes leisten, sagte er zu ihr:

– Los, zieh dich an, wir essen im *Chope des Singes*.

Und fröhlich umschlungen gingen sie hinunter ins Restaurant.

VI

Vater Louis, Mimar und Marius Pluche waren große Kartenspieler. Endlose Runden dienten als Vorwand zum Trinken. Pluche bewies Kühnheit bei der Wahl seiner Bestellungen. Während man die Karten austeilte, inspizierte er mit einem Blick die hinter der Theke aufgereihten Flaschen. Die neuen Etiketten ließen in seinen Augen kindliche Begierde aufflammen. Er entzifferte: Chambéry-Fraisette.

– He, Mimar! Spendierst du einen Chambéry-Fraisette?

Mimar, der stur an seinen Gewohnheiten festhielt, brummte:

– Diese neuen Sachen sagen mir nichts. Ich bleibe bei meinem Pernod.

Er schrieb die Punkte auf eine Schiefertafel, und jedesmal, wenn er seine Zahlenreihen fertig addiert hatte, spuckte er in ritueller Feierlichkeit auf die Sägespäne, die die Fliesen bedeckten.

Lecouvreur, den sie dazu gebracht hatten, mit ihnen zu spielen, stand, sobald er konnte, auf, um die Gläser zu füllen. Dieses Spiel fiel ihm auf die Nerven. Ständig dieselben Diskussionen, die einen schworen auf den Bitter, die anderen auf den Anis, dieser war Anhänger der sozialistischen, jener der kommunistischen Gewerkschaft; all das wurde herausgebrüllt, als hinge das Schicksal der Welt davon ab.

Während er spielte, bediente Louise die Gäste an der Theke.

Vater Deborger bestellte einen roten Bordeaux, Dagot einen alten Burgunder. Constant, der Setzer, erklärte langatmig Benoît, einem Waffenschmied, warum er seine Geliebte verlassen hatte:

– Eine Schlampe! wiederholte er und unterstrich jedes Wort mit einem Fausthieb auf die Zinktheke.

Neben dem Ofen saß Volovitch mit seiner Frau, ein ehemaliger Fürsorgezögling. Der Ehemann, ein Schwerkriegsbeschädigter, bestellte schwarzen Kaffee, seine Frau Kaffee mit Rum; am Zahltag tranken sie beide einen kräftigen Grog.

Gegen 11 Uhr klappte die Tür, und Gustave, der Konditor, kam trällernd herein. Er war ständig betrunken und immer bereit, haarklein ellenlange Geschichten zu erzählen.

– Grüß dich, Tatave! rief Mimar laut. Er legte seine Karten auf dem Tisch ab. – Spendier uns eine Runde!

Gustave gehorchte. Alle stießen miteinander an, danach ging man hinauf zum Schlafen.

... Am Samstag fanden die Kartenspieler kein Ende. Gegen Mitternacht starrte Lecouvreur, der ausfegte, demonstrativ auf die Wanduhr. Er ging von einem Tisch zum anderen, machte mechanische Bemerkungen über die Einsätze und kämpfte gegen die Müdigkeit an. Der Wunsch, seine Schulden loszuwerden, verlieh ihm Kraft. Wie viele kleine Gläser waren noch nachzuschenken, bevor er den letzten Wechsel einlösen konnte. Schließlich kam der Augenblick, wo die Gäste auf die späte Zeit hingewiesen werden mußten. Einige, die wie Pech an ihren Karten klebten und die wenig Lust verspürten, in ein ungeheiztes Zimmer heimzukehren, ließen sich lange nötigen. Man mußte sie mit sanfter Gewalt vor die Tür setzen.

Die Gäste gingen. Blaue Rauchschwaden füllten den Raum, der Schauplatz einer Rauferei gewesen zu sein schien; auf den Tischen glänzten Lachen, die Gläser klebten an den Fingern fest. Lecouvreur öffnete beide Flügel der Eingangstür in die klare Nachtluft. Er sog sie lange in sich hinein wie frischen Odem, der besser schmeckte als der schwere Dunst nach Pfeifentabak und Alkohol. Aber manchmal, wenn er zu erschöpft war, das Herz schwer und der Geist ängstlich, dann hatte er nur den einen Wunsch: die Tageskasse abzurechnen. Das war eine schwere und mühselige Angelegenheit, die er auf sich nahm, um sich besser vom Stand seiner Geschäfte zu überzeugen. Zum Schluß schrieb er die Ziffer der Einnahmen in ein Heft mit rotem Schnitt, und wenn er es berührte, schlug ihm jedesmal das Herz schneller.

Lecouvreur schlief im Büro. Über seinem Kopf befand sich die Schalttafel mit den Sicherungen, dem Stromzähler und einem Kontrollämpchen für jedes Zimmer; zu seiner Linken lag ein birnenförmiger Auslöser, um automatisch die Eingangstür des Hotels öffnen zu können.

Die Hausgäste kehrten heim. Das war ihr gutes Recht. Wie sehr Lecouvreur darunter leiden mußte! Er streckte sich aus, schloß die Augen, da riß ihn ein Heidenlärm aus dem Schlummer:

– Verflucht noch mal, was treiben Sie da? Machen Sie endlich auf!

Mechanisch griff er nach dem Auslöser, manchmal verging eine Minute, bevor er ihn gefunden hatte. Der Gast trat ein, nannte seine Zimmernummer; sein Schatten zeichnete sich an der Glastür ab. Über sich hörte Lecouvreur schwere Schritte die Treppenstufen hochstolpern. Er schob seinen Arm unter die Schlummerrolle.

– Bum, bum!

Noch ein Rindvieh von Dauergast kehrte zurück. Im Halbschlaf hielt er seine Ausdrücke nicht mehr im Zaum. Trotzdem war er sich seiner Pflicht bewußt.

Samstags verlief die Rückkehr nur schleppend. An Schlaf war nicht zu denken. Betrunkene Hotelgäste, die den Summer nicht fanden, traten mit dem Fuß gegen die Tür, lärmten mit schwerer Zunge. Im Nachthemd stand Lecouvreur auf und ging öffnen.

– Sehen Sie zu, daß Sie sich nicht im Zimmer irren, murrte er.

Er sah auf die Wanduhr: 2 Uhr morgens, er machte einen kleinen Rundgang durch den Schankraum, den die Gaslampen am Kanal schwach erleuchteten. Manchmal blieben Schatten vor dem Café stehen, bildeten hinter den Scheiben eigenartig geformte Umrisse; sicherlich Stadtstreicher, die äußeren Boulevards waren nicht weit entfernt! Er hob einen Vorhang an. Nein, die Gehsteige waren menschenleer. Gegenüber strahlte hell die Laterne des Schleusenwärterhäuschens mit einer roten Aufschrift, die Lecouvreur inzwischen in seinen Träumen wiederfand: *Rettungsring*!

Alles war ganz still und leise in diesen vierzig Zimmern um ihn herum, wo so viele ungewisse Schicksale Zuflucht gefunden hatten. Er kehrte wieder ins Bett zurück, schüttelte die Sägespäne von seinen bloßen Füßen, und erschöpft sank er in Schlaf.

VII

Jeden Morgen um 5 Uhr reißt Dagot, der Angestellter bei der Müllabfuhr ist, Lecouvreur aus bleiernem Schlaf. Der erste Anruf bleibt ohne Antwort. Dagot wiederholt ihn:

– Bitte öffnen. Dann, gereizt: – Die Tür, mein Gott!

Blindlings greift Lecouvreur nach dem Auslöser. Das Gefühl eines Alptraums, der immer deutlicher wird, weckt ihn plötzlich ganz auf. Er setzt sich aufrecht hin, gähnt und geht ängstlich mit sich selbst zu Rate. Ein Augenblick voller Bitterkeit, wo er seine Müdigkeit vergessen muß. Wie kann man Entspannung finden in einem unzureichenden und oft gestörten Schlaf? Vom Abend bis zum Morgengrauen auf alle Geräusche zu achten, das macht die Glieder unendlich schwer. Der Kopf ist dumpf, das Kreuz schmerzt. Dennoch steht Lecouvreur auf. Er zieht seine von der Kälte steifen Sachen an, fährt sich mit einem feuchten Handtuch über das vom Schlaf zerknitterte Gesicht.

Er hat seine Hosenträger noch nicht ganz befestigt, da bereitet er auch schon den Kaffee. Er wendet beim Säubern der großen Maschine all die Sorgfalt an, die er bei sich selbst eher hintanstellt. Ich putze dich, und ich poliere dich! Das macht wieder munter und läßt den Geschmack am Leben wiederfinden. Die Kaffeemaschine strahlt wie ein Leuchtturm. In ihrem Inneren brodelt das Wasser, wohlriechender Dampf entweicht. Alles ist bereit. Die Dauergäste gehen zur Arbeit mit einem guten »Schwarzen« im Magen.

Es ist Zeit, das Café zu öffnen. Schon erscheint Vater Louis, ein verhutzelter Maurer mit Kropf. Ob der Himmel klar oder bedeckt ist, der frühe Morgen heiter oder windig, er pflanzt sich auf die Türschwelle, während er auf seinen Kaffee-Rum wartet, und betrachtet lange den Horizont:

– Ich denke, heute wird es schön!

– Ach ja, um so besser, erwidert Lecouvreur, wir haben vom Winter die Nase voll.

Fahles Licht erhellt das Lokal. Nun kommen nacheinander die Gäste. In Eile schütten sie im Stehen ihren heißen Kaffee hinunter.

– Die heizt ihn richtig auf, eure Maschine, Patron.

– Allerdings, der ist frisch gemacht!

Um munter zu werden, verstärken die meisten den schwarzen Saft mit einem kleinen Rum oder einem Cognac. Hastig haben sie ihr Zimmer verlassen, und hier vor dem Tresen ziehen sie sich erst fertig an. Schlecht rasiert, kaum gewaschen, hat ihr starres Gesicht die Farbe des Morgengrauens. Schlaf liegt auf ihrer Stimme und macht die Lider schwer. Mit Verwünschungen, mit Flüchen auf die »Scheißarbeit« reißen sie sich aus ihren Träumen. Manchmal lassen sie sich auf einen Stuhl fallen, recken und strecken sich; ihr eintöniges Leben drückt sie nieder.

– Wär's doch schon Abend, um wieder ins Bett zu gehen!

Maschinenwesen, unwiderruflich geschmiedet an Aufgaben ohne Größe! Alle Berufe sind hier vertreten. Einige Angestellte, ein Buchhalter, Kellner, Elektriker, zwei Drucker; und all die Arbeiter vom Bau, Erdarbeiter, Gipser, Maurer, Zimmerleute, ausreichend, um ganz Paris wiederaufzubauen, falls ein Erdbeben es zufällig zerstören würde. Um 7 Uhr sind sie fort.

Ein wenig später sorgen junge Frauen für neues Leben. Arbeiterinnen, die in den Lederwarenfabriken und Spinnereien des Viertels beschäftigt sind, Verkäuferinnen, Tippsen. Sie bestellen einen Café-crème, den sie in kleinen Schlucken trinken. Während sie an einer Brioche knabbern, betrachten sie sich im Spiegel hinter der Theke, sie schminken sich noch, bevor sie gehen.

Louise beobachtet sie mit Geringschätzung:

»Alles Schlunzen!« denkt sie. »Sie täten besser daran, sich zu waschen als Reispuder aufzulegen!« Wenn die letzte verschwunden ist, öffnet sie weit die Tür des Cafés und zu ihrem Mann, der ihr verdutzt zuschaut, sagt sie:

– Die Luft hier ist verpestet!

Draußen erwacht das Viertel. Die Straßenkehrer sammeln schwungvoll mit der Schaufel die an der Gehsteigkante aufgehäuften Abfälle ein, die Ladenbesitzer stellen ihre Auslagentische vor die Tür, man hört die metallenen Rolläden des *Chope des Singes* hochgehen.

Bevor sie sich an die Zimmer macht, nimmt Renée die Asche aus dem Ofen und fegt den Schankraum, dessen Fliesenboden bereits verschmutzt ist von Zigarettenkippen und Spucke. Zwei alte Wäscherinnen, Berthe und Félicie, die im Bateau-lavoir, einer schwimmenden Waschküche, am Quai de Valmy arbeiten, bestellen einen kleinen Trester, um »den Winter ohne Rotznase zu überstehen«. Bald danach kommen die Kutscher von Latouche. Alles prima Kerle, aber Großmäuler! Die jüngeren geben sich als unwiderstehliche Verführer in ihren Hosen mit weitem Schlag, mit ihrem um den ausrasierten Nacken geschlungenen Halstuch. Einer unter ihnen, Marcel, ein hübscher Bursche, der alle Boxkämpfe besucht, stellt seinen Sportpullover wie eine Trophäe zur Schau und raucht teuren Tabak. Wenn man ihm glaubt, betört der Duft dieses englischen Verschnitts die Frauen. Mit dem schleppenden Akzent des Parisers prahlt er mit seinen Eroberungen. Auf ihren Besen gestützt lauscht ihm Renée mit offenem Mund und verlorenem Blick. Doch als er sie in die Taille kneifen will, stößt sie einen Schrei aus.

Ohne bissig zu werden, greift Louise ein:

– Hör zu, du Saukerl, wir sind hier nicht im Tanzlokal ... Mein Wort drauf, die haben heute morgen alle den Teufel im Leib.

Die älteren Rollkutscher widmen sich lieber der Flasche. Ihr Äußeres ist ungepflegt, ihre Stimmen sind derb; fast alle können ziemlich grob werden. Sie nähren einen gemeinsamen Haß gegen die Autofahrer, die ewige Drängelei durch Hupen und Hörner macht sie verrückt, und wenn einmal ein Auto sie an einer Steigung überholt, dann zahlen sie diese Niederlage ihrem unglücklichen Gespann kräftig heim. Oft endet das im handfesten Streit mit der Polizei, Händel, um die sie sich kaum Sorgen machen, denn Latouche bezahlt die Strafmandate.

Es ist fester Brauch bei ihnen, den morgendlichen Aperitif so weit in die Länge zu ziehen, bis der Chef auftaucht. Da steht er dann in der Tür, den Schnauzbart gesträubt und die Peitsche in der Hand. Dieses Attribut ist nicht gerade das unbedeutendste Symbol; Latouche ist aber eine rühmliche Ausnahme unter seinesgleichen, denn er ist ein fast höflicher Mensch, der Grobheit durch Wortgewandtheit ersetzt.

In fünf Minuten hat er sein Personal beisammen, die Arbeit verteilt, ohne daß er sich einen Aperitif genehmigt hat, was bei den Lecouvreurs eine vage Mischung aus Groll und Bewunderung hervorruft.

Von seinem Arbeitsplatz aus, der verglast ist wie ein Aquarium, belauert Julot, der Schleusenwärter, die Abfahrt der Fuhrleute. Verdankt er dem Leben in einer Loge, die offen steht für das Gerede im Viertel, sein Lästermaul einer Klatschbase? Schmeichlerisch, geschwätzig, einer, der jedes Anschwärzen und jeden Skandal lauthals weitergibt, nennt Julot Louise Lecouvreur »meine Tante« und ihren Mann »Mimile«. Er gestikuliert auf der Quaimauer und brüllt von einer Straßenseite zur anderen seinen Bekannten zu:

– He, Alter, spendierst du ’n Glas?

Mit dem Prestige eines öffentlichen Amtes ist Julot bei den Flußschiffern gefürchtet. Wie jene Auguren, die nur dann geruhten, sich gnädig zu erweisen, wenn auf ihren Altären die Opfergaben sich häuften, willigt er nur ein, seine Schleusentore zu öffnen oder zu schließen, wenn er rätselhafte Gebühren an der Theke der Lecouvreurs erhalten hat, die mehr oder minder freundlich von den Schiffern beglichen werden:

– Diesmal soll es ein Vichy sein, Mimile. Der Kapitän der *Belle Rouennaise* zahlt die Zeche!

Aber Julot kennt seine Grenzen und weiß um den Respekt, den er seinem Beruf schuldet. Pfiffig hat er sich einen Trick einfallen lassen. Nach einer Vereinbarung mit Mimile zählt er die spendierten Runden eines ganzen Tages zusammen, und jeden Abend kehrt er dann mit der Literflasche unter dem Arm nach Pantin (wo er wohnt) zurück und säuft sich in seinem Bett einen an, ohne daß seine Berufsehre in Frage gestellt wird.

... Danach ist das Café wieder leer. Louise geht mit Renée nach oben, um die Zimmer der ersten Etage in Ordnung zu bringen. Lecouvreur reibt mit einem Scheuermittel den Zinktresen blank, spült die Gläser aus, trocknet sie gewissenhaft ab, reiht sie auf den Regalbrettern auf: gestreifte Aperitifgläser, Bordeauxgläser, Likörgläser, Eisbecher, Schalen für eingelegte Kirschen und Schaumwein. Jetzt ist der Raum lichtdurchflutet. Die Sonne hat den Wunsch von Vater Louis erfüllt. Gläser und Flaschen spiegeln schillernd die Reflexe wider, die geputzte Theke strahlt vor Glanz. Wie schön, wie aufmunternd das alles wirkt! Lecouvreur krempelt seine Hemdsärmel wieder herunter, schüttelt das klebrige Wasser von den Händen und betrachtet im polierten Zink sein Gesicht, das ihn von unten her anlächelt. Er platzt vor Freude, er liebkost mit einem Blick seine Stühle, seine Tische in »gutem Zustand«, die beiden großen, mit rotem Kunstleder bezogenen Sitzbänke. An der Decke prunkt ein dreiarmiger Kronleuchter. Es fehlt nur noch ein Billardtisch!

Lecouvreur hält es nicht länger aus. Er überquert die Straße und umfaßt mit einem einzigen Blick all das, was er besitzt. An ein Geländer gelehnt, das Gläsertuch noch über der Schulter, den Blick auf das oberste Stockwerk seines Hauses gerichtet, denkt er in Ruhe nach. Nächstes Jahr wird er die Fassade machen, das Hotelschild neu malen lassen; die Außenwände zum benachbarten Latouche könnten dringend frischen Putz gebrauchen. Der Regen hat inzwischen tiefe Rillen gezogen wie Furchen in einem Gesicht. Zwischen zwei Fenstern der ersten Etage weckt ein Schild aus der Vorkriegszeit die Aufmerksamkeit:

ZIMMER
komplett
NEU MÖBLIERT
mit Spiegelschrank
ab 5 Francs die Woche

Kein Scherz! Das gehört schleunigst entfernt. Im Herbst wird das Zimmer 30 Francs die Woche kosten. Mit geschlossenen Augen fängt Lecouvreur an zu rechnen:

– Ich habe ein gutes Geschäft gemacht, sagt er sich laut.

Lastwagen rumpeln lärmend den Quai de Jemmapes entlang. Ein Windstoß fegt über den Kanal. Lecouvreur atmet genußvoll die Luft ein. Ein offenes Fenster erlaubt einen Blick auf das Hin und Her von Renée in Zimmer Nr. 19.

»Ein braves Mädchen, und unermüdlich bei der Arbeit«, denkt er, während er wieder in sein Lokal geht.

VIII

Mimar hatte das plumpe Benehmen eines Bauern. Ein eigensinniger Mensch, starrköpfig, geizig, und je nach den Umständen entweder unterwürfig oder ungehobelt. Wie viele andere war er nach Paris gekommen, um sein Glück zu machen, aber das Glück hatte ihm nicht zugelächelt. Seit Jahren schon arbeitete er in der Gare du Nord mit der Aussicht auf eine Altersrente. Seine Tätigkeit als Gepäckträger zwang ihn, fünfzehn Tage hintereinander im Monat nachts zu arbeiten; in dieser Zeit hatte er tagsüber viel Freizeit.

Die Prahlereien der jungen Leute, die sich nachts herumtrieben, belustigten ihn. Diese Rotzlöffel! Er war nicht neidisch auf ihre Heldentaten. In seinem Alter lag man lieber im Hotel auf der Lauer. In den fünfzehn Jahren, in denen er hier möbliert wohnte, hatte er Erfahrungen gesammelt und fand immer einen Weg, eine Eroberung zu machen.

Zwei Leidenschaften beherrschten sein Leben: die Spielkarten und die Frauen. Er spielte Manille mit seinen Freunden, sowie er aus der »Tretmühle« heimgekehrt war. Im Viertel hatte er einen grundsoliden Ruf als guter Spieler; man neidete ihm sein Geschick und das Mordsglück, das ihm ermöglichte, soviel zu trinken, wie er wollte, ohne je einen Sou zu zahlen. Seine Arbeit als Gepäckträger machte ihm nichts aus. Er war stolz auf seine Erfolge in den Bistrots; all seine Kneipenfreunde stritten sich um ihn als Partner. Aber kaum sah er einen Rock, warf er die Karten hin.

Das Schicksal hatte ihn mit der Gesichtsfarbe einer reifen Tomate bedacht; er blinzelte unablässig mit ziemlich kleinen Augen; sein allzu kurzer Hals verschwand zwischen den Schultern. Die Eisenbahneruniform kleidete ihn nicht sehr vorteilhaft. Aber er ertrug geduldig jede Abfuhr oder jeden Spott; mit der Sicherheit eines abgebrühten und sinnlichen Mannes lauerte er auf die Beute, die er sich ausgesucht hatte: seine Stunde schlug immer!

Er hielt sich nicht mehr damit auf, den Jungfrauen hinterherzujagen. Mit solchen Spielchen vergeudeten die jungen Burschen ihre Zeit. Nein, zwischen dreißig und fünfzig, das waren die Frauen, die ihm gefielen, ob klein, rundlich oder dürr, blond oder braun, Köchin, Stubenmädchen, Putzfrau, ach, er schaute nicht so genau hin! Für ihn zählte in der Liebe nur das kurze Techtelmechtel! Die Häßlichkeit seiner Geliebten, ihre zweifelhafte Wäsche, ihre liederlichen Angewohnheiten konnten ihn nicht abschrecken. Er begnügte sich mit den »Ladenhütern«, auf diese Weise riskierte er nicht, auf einen Rivalen zu treffen oder sich einen Ring durch die Nase ziehen zu lassen. Einmal in der Woche rasierte er sich und wechselte die Wäsche, und das ganze Jahr trug er tief über die Augen gezogen seine speckige Eisenbahnermütze.

Wenn er »Freischicht« hatte, lag er auf der Lauer. Er verbarg sich in einer Nische auf dem Treppenflur oder neben der Toilettentür. Er hatte sich sein Vorgehen genau überlegt. Die Frau war vor ihm hineingegangen. Er trat aus dem Schatten hervor und versperrte ihr den Weg: »He, Kleine, man kommt hier nicht vorbei, ohne mir ein Küßchen zu geben.« Fast immer gewann er das Spiel. Wie viele Beziehungen hatte er auf diesen Fluren angebahnt!

Wenn sein Opfer verheiratet war, dann lud er des Abends den Ehemann zu einer Runde Manille im Schankraum ein. Das Trio setzte sich fröhlich an einen Tisch und großspurig gab Mimar einen aus. Er sah seine Nachbarin verstohlen an, streifte sie mit dem Ellenbogen, sein Blut geriet in Wallung, schließlich berührte er sie mit dem Fuß.

»Ich habe heute abend keinen Dusel«, sagte er zu seinem Spielpartner.

Aber er scherte sich nicht darum! Der süßliche Geruch einer Frau machte ihn trunken; obszöne Bilder vernebelten ihm den Blick, ein Blutschwall stieg ihm ins Gesicht, und als er den Hemdkragen öffnete, zeigte er seinen kräftigen Nacken eines Gepäckträgers. »Unglück im Spiel, Glück in der Liebe«, dachte er.

Die kleine Volovitch hat sich betören lassen. Ihr Mann ist heute abend nicht da, sie hat Mimar ein Rendezvous versprochen. Das Ohr an der Tür, wartet sie auf ihn.

Es ist zehn Uhr morgens. In Pantoffeln gleitet Mimar lautlos über den Flur (man muß sich hier vor Neugierigen hüten). Vor Nr. 3 angelangt, räuspert er sich. Die Tür geht auf.

Die 3 erinnert ihn an ein anderes Liebesabenteuer. Damals war seine Geliebte eine rothaarige aufgedunsene Fischhändlerin gewesen; das Gegenteil heute, die Volovitch ist flach wie ein Bügelbrett. Mimar setzt sich.

– Dieses Weibsstück von Renée, grollt er. Sie tut so, als ob sie hier fegt. Ich mußte mich auf dem Klosett einschließen, um sie in die Irre zu führen ... Es kommt noch der Tag, wo ich sie rausschmeißen lasse! (Renée hat bislang seine Annäherungen zurückgewiesen.)

– Trink so lange einen Schluck, entgegnet Madame Volovitch.

Sie reicht ihm ein Glas Rotwein, setzt sich dann mit glänzenden Augen auf seine Knie. Er betätschelt sie, kneift sie, zerquetscht ihr den Mund mit seinen violetten Lippen. Doch plötzlich löst sie sich aus seiner Umarmung, um die Gardinen zuzuziehen.

– Laß doch, sagt er, niemand kann uns sehen.

Ihn erschreckt das helle Tageslicht nicht. In Hemdsärmeln steht er auf, streift seine Hosenträger ab, um mehr Bewegungsfreiheit zu haben. Er packt die Frau an der Taille und wupp! wirft er sie rücklings auf die schmutzigen Laken. Sie stößt tiefe Seufzer aus. Er legt seine schwielige Hand auf ihren Mund.

– Mach ihn zu, Renée arbeitet nebenan.

… Halb entblößt erhebt sich Mimar, er fühlt sich wie gerädert. Er tritt ans Fenster: Autos fahren den Quai entlang, unten bei Latouche beladen die Rollkutscher ihre Wagen. Seine Brust weitet sich. »Ich lasse es mir ganz schön wohl sein,« brummt er und wirft einen Blick auf seine Geliebte.

Er geht zum Tisch, packt die Literflasche Roten und genehmigt sich einen kräftigen Schluck.

IX

Lecouvreur war noch immer ein Neuling im Bistrotgeschäft. Er konnte sich nicht von den Nervensägen befreien, die ihn wegen einer Runde anpumpten, noch von den Betrunkenen, die ihren Kopf auf die Theke legten. Jeden Abend vor dem Schließen strandete bei ihm ein Säufer, er war Kutscher oder Ladearbeiter.

– He, mein Guter, ist Zeit, schlafen zu gehen.

– …Noch'n Gläschen, Patron.

Lecouvreur seufzte, rückte Stühle zurecht, klatschte in die Hände. Schließlich mit einer zornigen Gebärde:

– Sehen Sie doch auf die Uhr, Herrgottnochmal! Gleich Mitternacht!

An den Tresen gelehnt spuckte der Säufer auf den Boden und setzte sein Selbstgespräch fort. Lecouvreur, der jeden Streit fürchtete, änderte seine Taktik.

– Gibt keinen Tropfen mehr, wie Sie sehen. Los, morgen früh kommen Sie wieder. Er schob den Betrunkenen nach draußen und schloß rasch die Tür, als wäre er eben einer Gefahr entronnen …

Lecouvreur trank so wenig wie möglich. Ein paar Aperitifs reichten, um ihn zu benebeln, ihm die Lust an der Arbeit zu nehmen. Aber wie sollte er, ohne seine Stammgäste zu beleidigen und seinem Geschäft zu schaden, die Einladungen ablehnen? Er hatte für sich selbst ein harmloses Getränk auf der Grundlage von Sirup zusammengebraut; bedauerlicherweise akzeptierten die Gäste nicht, daß er seine Flasche unter der Theke hervorholte. Über so etwas ließen sie nicht mit sich spaßen. »Wir haben Sie nicht zu Kirschkernsaft oder Nachtigallenpipi eingeladen.« Lecouvreur gab brummend nach. Dann mußte er seinerseits eine Runde ausgeben, und zum Erstaunen seiner Gäste tat er das ohne jede Begeisterung. Ach, wenn sie an seiner Stelle ein Bistrot hätten!

Aber samstags, an den Abenden der Manillespiele, betrank sich schließlich auch Lecouvreur. Louise wurde traurig, wenn sie ihn trinken sah, aber sie schwieg und dachte: »So ist eben das Geschäft!«

Sie wiederholte bis zum Überdruß all ihre Enttäuschungen. Von der Unsauberkeit des Hauses wurde ihr ganz schlecht. Sie machte ein Zimmer nach dem anderen gründlich rein, aber um die Folgen von Madame Goutays Nachlässigkeit zu beseitigen, hätte sie ein ganzes Jahr benötigt. Sie fühlte sich zu schwach für dieses Aufgabe und litt darunter, nicht mehr die pünktliche, gewissenhafte Hausfrau von früher zu sein. Sie mußte die Sorglosigkeit der Dauergäste bekämpfen, die im übrigen soviel Einsatz und Mühe nicht würdigten.

Seit zwei Monaten fühlte sie bei jedem Atemzug einen stechenden Schmerz. Sie klagte niemals; tagsüber unterdrückte sie ihr Unwohlsein. Aber am Abend, wenn sie entnervt war vom rücksichtslosen Lärmen der Gäste im Lokal, flüchtete sie sich ganz hinten in die Küche und biß sich niedergeschlagen auf die Lippen, um nicht laut aufzuschreien. Sie brauchte all ihren Stolz, den Stolz einer Bäuerin, um ihr Leiden zu verbergen.

... Eines Morgens, als sie auf den Knien den Eingang zum Hotel schrubbte, stieß sie plötzlich einen Schrei aus. Stöhnend ging sie wieder hinein, ließ sich auf einen Stuhl fallen; während sie tief durchatmete, verzerrte sich ihr Gesicht vor Schmerz.

Entsetzt ließ Lecouvreur seine Arbeit liegen und rannte zum Arzt. Louise hatte eine Rippenfellentzündung. Sie mußte sofort punktiert werden …

Sie lag im Bett und litt klaglos. Die Krankheit, gegen die sie sich nicht wehren konnte, ergriff von ihr Besitz. Von Zeit zu Zeit betrachtete sie die kahlen Wände, das Fenster, wo sie ihrer Meinung nach den Fehler gemacht hatte, keine Doppelgardinen aufzuhängen. Sie dachte über ihre Arbeit nach. Manchmal sagte sie lächelnd zu ihrem Sohn:

– Ich habe nicht auf mich gehört.

Etwas wie Selbstvertrauen belebte ihr trauriges Gesicht. Lecouvreur verließ ab und zu den Schankraum, um ihr Neuigkeiten zu berichten. Sie mußten natürlich gut sein, etwa, daß die Arbeit von Renée nichts zu wünschen übrig ließ. Beruhigt willigte sie dann ein, für ein paar Stunden zu schlafen.

Nach einer Woche dachte sie daran, ihre Arbeit wieder aufzunehmen. Im Kampf gegen Unordnung, Verschleiß und Staub schonte sie sich nie.

Diese Sorgen verfolgten sie bis ins Bett. Sie mochte es, wenn Renée ihr etwas vom Haus erzählte, denn von den einzelnen Dingen des Haushalts verstehen die Männer nichts. Renée hielt sie auf dem laufenden. Louise hörte ihr mit heimlicher Freude zu, dann erteilte sie wie ein Chef die notwendigen Anordnungen, um das Hotel wieder auf Vordermann zu bringen.

– Renée, haben Sie die Laken in Nr. 28 gewechselt? Sie waren schmutzig … Nr. 28 ist ein richtiges Schwein … Morgen werden mir die Flure gewischt.

Ihr Mann warf etwas ein, aber sie schnitt ihm das Wort ab.

– Laß uns. Bei mir muß alles wie am Schnürchen laufen. Oh, wenn ich mehr dabei sein könnte!

Sie lächelte. Dauergäste besuchten sie; manche sogar mit Blumen. Diese Sympathiebeweise rührten sie.

Schließlich hielt sie es nicht mehr aus. Sie stand auf, trotz Verbot des Arztes, der sie im Bett »festnageln« wollte, trotz der Befürchtungen ihres Mannes, der, zwischen Angst und Freude schwankend, nicht die Kraft hatte, sie zurückzuhalten.

Louise überprüfte die Küche, wo die aufgehängten Kasserollen im Halbdunkel glänzten wie Planeten am Himmel. Mit einer ihr zur Gewohnheit gewordenen Bewegung strich sie mit der Hand über die Möbel, um dort nach Staub zu suchen.

– Es ist sauber, sagte sie zu Renée, die errötete.

Als sie den Schankraum betrat, blendete sie das Licht. Gäste umstanden die Theke. Sie erkannte sie und schüttelte ihnen die Hand wie Freunden.

Julot schrie:

– Ach, Tantchen, Sie werden uns noch alle begraben!

Bei diesem Ausruf fand sie den Ton ihres alten Umgangs miteinander wieder. Hinter der Theke lächelten ihr Mann und ihr Sohn ihr zu. Es schien, als verscheuche das pulsierende Leben am Kanal ihre Krankheit wie einen bösen Traum …

Sie geduldete sich noch zwei Tage lang. Dann hielt nichts mehr sie zurück, sie fing wieder an, mit Renée die Zimmer zu machen.

X

An einem Großreinemachensamstag wischte Renée auf den Knien ein Zimmer. Von Zeit zu Zeit hielt sie inne, atmete tief durch und nahm dann halbherzig ihre Arbeit wieder auf.

– Das geht heute anscheinend nicht voran, sagte Louise.

Ihr Zimmermädchen klagte über Kopfweh und Schwindelgefühle. Während sie die Möbel abstaubte, betrachtete Louise sie aus den Augenwinkeln. »Sie muß übel dran sein«, dachte sie.

Renée richtete sich wieder auf und wollte das Bett verrücken.

Aber die Kräfte verließen sie, stöhnend legte sie die Hand auf ihren Bauch.

Louise war beunruhigt.

– Sagen Sie, sind Sie krank?

Renée antwortete nicht. Sie lehnte sich mit dem Rücken an die Wand und ließ den Kopf hängen. Plötzlich verbarg sie ihr verzerrtes Gesicht in den Händen und fing an zu schluchzen.

Louise ging auf sie zu. Sie hatte die einfachen und verständnisvollen Gesten einer Mutter. Doch Renée wich zurück. Der Knoten ihrer Schürze löste sich. Und zum ersten Mal bemerkte Louise den unförmigen Leib ihres Zimmermädchens. Ihre Blicke begegneten sich. Renée schlug die Augen nieder.

Nach kurzem Schweigen raunte Louise:

– Warum haben Sie mir das verheimlicht? Haben Sie keine Angst, ich werde Sie hier beschützen. Und mit liebevoller Stimme: Sie brauchen sich nicht zu schämen, meine Kleine, das kann passieren ... Ich denke, Trimault heiratet Sie?

Renée schüttelte den Kopf. Von Heirat sei nicht die Rede! Pierre liebe sie nicht mehr. Und dennoch, was hatte sie sich nicht alles ausgedacht, um ihm zu gefallen! Jeden Abend, wenn er vom Restaurant angewidert war, umschnurrte sie ihn wie eine Katze. Ein Feinschmecker, ihr Pierre! Ein anderes Mal bot sie ihm Glühwein mit Zitrone an, oder sie ging sogar in den Schankraum hinunter, um Rum für einen Grog zu kaufen. Im Winter nahm er gerne vor dem Schlafengehen einen anständigen Schluck.

Sie hatte ihn anspruchsvoll und wählerisch werden lassen. Das Leben zu zweit stumpft das Herz eines Mannes ab. Pierre sprach mit ihr überhaupt nicht mehr von Liebe. Sonntags, wenn sie wie früher mit ihm ausgehen wollte, lehnte er ab, er wollte Karten spielen. Mit Tränen in den Augen sah sie ihn fortgehen.

Sie verdiente sich nun recht gut selbst ihren Unterhalt und lebte nicht mehr auf Kosten ihres Liebhabers. Im Gegenteil, abgesehen vom Trinkgeld, gab sie ihm ihren ganzen Verdienst. An den Zahlabenden wurde Pierre sanfter. Sie saß dann auf seinen Knien wie ein Kind. Er mußte das Geld, das für ihn bestimmt war, aus ihrem Ausschnitt holen.

»Tiefer, noch tiefer«, rief sie laut auflachend. »Du hast es gleich, es wird immer heißer ... Für wen ist das?«

Sie umschlang seinen Hals. »Für meinen Pierre!« Sie biß ihm in die Lippen, überschüttete ihn mit stürmischen Küssen, flüsterte ihm ins Ohr: »Ich könnte dich auffressen.«

Ein wenig betäubt von diesen Gefühlsausbrüchen, steckte Trimault das Geld in die Tasche und liebkoste Renée. Er trug die am ganzen Körper Bebende zum Bett. Sie gab sich einer Art Trugbild hin, bei dem sich die Freuden der Liebe mit denen eines geordneten und ruhigen Lebens verbanden.

Das Geld schmolz dahin, und die Laune Trimaults verdüsterte sich rasch. Renée wartete auf seine Küsse wie auf Almosen. Aber er öffnete nur noch den Mund, um zu schreien.

Jeden Abend trieb er sich mit seinen Kumpanen herum. Sie war auf seine Freundschaften nicht eifersüchtig, und am Ausgehen konnte sie ihn nicht hindern. Sie blieb allein auf ihrem Zimmer mit ihren Erinnerungen; sie dachte an ihren Liebhaber, an ihr gemeinsames Leben, in dem doch alles sie trennte. Sie beneidete die verheirateten Frauen. Etwas fehlte ihr; das Alter, die Müdigkeit gruben bereits die ersten Falten. Sie seufzte: »Ich bin zu häßlich«, und betrachtete ihre schwarzen rissigen Hände. Und mit einem letzten Blick auf den Wecker legte sie sich schlafen.

Eines Tages entschloß sie sich, genau wie Trimault den Arbeitslohn für sich zu behalten. Es folgte eine schreckliche Auseinandersetzung.

– Verdammtes Weibsbild, schrie Pierre, das ist der Dank, daß ich dich aus dem Dreck gezogen habe!

Er ohrfeigte sie, warf beim Hinausgehen die Tür hinter sich zu. Renée war Beschimpfungen gewohnt; sie ertrug auch Schläge. »So ist das Leben«, sagte sie sich.

Trimault tobte, als er erfuhr, daß sie schwanger war. Oh, nein! In seinem Alter läßt man sich keinen Klotz ans Bein binden.

Schließlich hatte er sie nicht als Jungfrau bekommen. Wenn er sie sitzen ließe?

Diese Drohung zerstörte alles, was von ihrem Glück übrig war. In der Nacht konnte Renée in dem Zimmer, wo alles an eine unharmonische Vergangenheit erinnerte, keinen ruhigen Schlaf finden. Ihr Liebhaber nickte bereits ein. Sie spürte, wie sich ein Abgrund zwischen ihnen auftat, und ein Aufschrei brach aus ihr hervor, in dem sich ihr Herz Luft machte.

– Pierre, woran denkst du? Rede doch ... Oh, du liebst mich nicht mehr!

– Laß mich in Frieden mit deinem Quatsch. Ich bin müde.

Er drehte ihr den Rücken zu. Renée schluchzte und verbarg das Gesicht im Kissen. Wie von einer Windböe fortgerissen verflogen ihre Illusionen eine nach der anderen. Sie dachte an ihren kommenden Arbeitstag, sie sah sich Flure wischen, schmutzige Laken und Handtücher wechseln, Wassereimer schleppen, deren Gewicht ihr den Leib zerrissen. Sie kam nie zu Ende mit ihrer Arbeit. Und wenn sie sich unglücklicherweise beklagte, dann schnauzte Trimault sie an! Er verhielt sich wie ein Grobian, er war drauf und dran, sie zu verlassen ...

Eines Abends kam er nicht heim. In ihrer Angst klapperte Renée alle Bistrots des Viertels ab. Die Läden wurden schon geschlossen. Trimaults Kumpane boten an, sie zu trösten, aber sie hörte nicht auf sie. Sie ging hinauf zum Faubourg du Temple, kehrte um, ging den menschenleeren Quai entlang. Es regnete. Sie zitterte vor Kälte und fühlte sich sterbenselend. Sie gelangte wieder in ihr Zimmer und wartete dort auf ihren Liebhaber bis zum frühen Morgen.

Um sieben Uhr erschien ein Mann, der nach ihr fragte. Trimault sei wegen einer dringenden Arbeit in die Provinz geschickt worden. Er benötige einen Koffer mit Kleidung.

– Wird es lange dauern? fragte Renée.

– Ich weiß nicht, antwortete der Mann. Beeilen Sie sich.

Sie packte den Koffer. Ihre Hände krallten sich an seinen Sachen fest. Sie atmete Trimaults Geruch ein, sie sah ihn in diesem Anzug ... Als sie fertig war, sagte sie leise:

– Richten Sie ihm aus ... daß er zurückkommen kann.

Dann fiel sie kraftlos aufs Bett.

Ein paar Tage danach traf Renée im Flur Saquet, einen jungen Mechaniker.

– Nun, meine kleine Renée, Sie sind also Witwe. Er beugte sich über sie: In deinem Alter bleibt man nicht allein ...

Sie fühlte den heißen Atem auf ihrem Gesicht, Arme, die ihre Taille umschlangen; sie legte den Kopf zurück, alles schwankte.

Saquet öffnete seine Zimmertür, warf einen Blick in den Flur. Niemand. Er zog Renée zum Bett.

XI

Der Frühling ist da. Nachdem Lecouvreur an einem Sonntag den Schrankraum mit reichlich Wasser gewischt hat, entscheidet er sich in Vorahnung der kommenden Wärme, »die Terrasse zu eröffnen«: er stellt vier runde Tische und acht Gartenstühle auf den Gehsteig unter eine große Markise, auf der in roter Schrift steht: HOTEL-WEIN-LIKÖRE.

Lecouvreur schlendert gerne, eine Zigarette im Mundwinkel, durchs Viertel. Eine Hoftür trennt sein Hotel vom *Chope des Singes*, eine Gaststätte, bei der er im Vorbeigehen die gelackten Holztische und die Rohrsessel bewundert, anschließend überquert er die Rue de la Grange-aux-Belles, um sich kurz die Bücher im Schaufenster der *Librairie du Travail* anzuschauen, Berge von Büchern, scharlachrote Broschüren, in deren Mitte ein Porträt Lenins thront. Lecouvreur kümmert sich nicht um Politik. Er macht kehrt, schaut sich die Sportlerfotos im Fenster von *Chez Marius* an, einem Marseiller, der Schuhe nach Maß anfertigt. Er begrüßt

Marcel, den Friseur, Cerutti, einen Malermeister und gelangt so ganz allmählich in die Rue Bichat, wo er sich eine neue Zigarette anzündet. Zeit, einen Blick in die Bistrots der Gegend zu werfen, um sich ein Bild davon zu machen, ob das Geschäft läuft, ehe er dann weitergeht. Stets derselbe Spazierweg, friedlich, beruhigend. Er kommt am Saint-Louis Hospital vorbei, »das aus der Zeit von Jesus Christus stammt«, und landet schließlich wieder auf dem Quai de Jemmapes.

Angler haben sich am Kanalufer niedergelassen, in einem schönen Eckchen auf Höhe des Bateau-lavoir. Lecouvreur bleibt stehen. Es herrscht schönes Wetter. Der Anblick wirkt einladend. Überall blühende Kastanien, riesige Bäume, die scheinbar gepflanzt wurden, um die Lastkähne zu begrüßen. Flußschiffer rakkern sich ab, dazwischen schreit sich Julot heiser. Etwas weiter oben türmen sich Berge von Sand, Kalkstein, Kohle und Zementsäcken am Quai. Fahrzeuge rollen über die Drehbrücke.

Diese Kulisse von Fabriken, Garagen, schmalen Fußgängerbrücken, Kippwagen, die man belädt, all dieser Betrieb am Kanal erfreut Lecouvreur. Er verweilt ein wenig, hält Maulaffen feil und genießt seine Freiheit und die wärmende Sonne.

Er bemerkt Achille, der einen Lastkahn vertäut. Er ist eine Nummer für sich! Ständig besoffen. »Die Trunkenbolde haben einen Schutzengel«, denkt Lecouvreur, während er mit den Augen Achilles akrobatischen Gang verfolgt. »Er wird nie ins Wasser fallen.«

Eine Grünanlage umrahmt die Schleuse. Wenn Lecouvreur von den Wäscherinnen und den Anglern genug hat, setzt er sich immer dort hin. Er fühlt sich dann sehr wohl. Hinter ihm steht das Schleusenwärterhäuschen, ein würfelförmiges Gebäude mit Fahne und Rettungsring. Er betrachtet kurz die sauber angestrichenen Lastkähne, doch sein Blick kehrt immer wieder zur Vorderfront seines Hotels zurück, die inzwischen von den Strahlen der untergehenden Sonne vergoldet wird.

Dann geht Lecouvreur wieder nach Hause.

Wegen des schönen Wetters setzen sich die Dauergäste des *Hôtel du Nord*, nachdem sie rasch ihr Abendessen eingenommen haben, auf die Straßenterrasse, um frische Luft zu schöpfen. Die acht Stühle sind schnell besetzt. Schon bald muß Lecouvreur alle Sitzgelegenheiten aus dem Lokal hinaustragen. Er läuft hin und her, den Eiskühler in der einen, eine Flasche Bier in der anderen Hand, immer bereit, die Wünsche eines jeden Gastes zu erfüllen.

»Patron, einen Diabolo! – Ein Vittel-Cassis, Mimile!«

Auf dem Gehsteig läßt sich gut ein Glas nehmen nach einem langen heißen Arbeitstag, wenn die Sonne hinter den alten Häusern des Quai de Valmy untergeht und ganz allmählich das Geräusch der Fahrzeuge dem erfrischenden Rauschen der Schleuse Platz macht. Die Straßenlaternen gehen an, Liebespaare umarmen sich in der Grünanlage, alte Frauen führen ihren Hund aus. Die Sterne spiegeln sich im dunklen Wasser des Kanals; die Luft wird kühler, von den äußeren Boulevards trägt ein Windstoß das Rumoren der großen Stadt herbei.

Zu dieser Stunde läßt Latouche seine sechs Fuhrwerke anspannen. Ein schmutziger, bärtiger Kerl, der Stallknecht, taucht mit den Gurten auf. Er schirrt die Pferde an, schiebt sie zwischen die Deichseln. Man spürt, welche Anstrengung ihn jede Bewegung kostet, wie sehr das Alter auf seinen Schultern lastet. Schließlich klettern die Kutscher auf ihren Bock und lassen die Peitsche knallen. Hopp, los geht's zu den Hallen!

Mit schlenkernden Armen steht der Stallknecht da und sieht die Gespanne über die Brücke rollen. Dann geht er die paar Schritte zum Hotel.

»Fertig mit der Arbeit«, sagt ein Gast.

Der Stallknecht scheint es nicht gehört zu haben. Er ist schäbig gekleidet; eine eingedrückte Mütze, tief über die Augen gezogen, verbirgt das halbe Gesicht. Die Hände in den Taschen, mit wakkelndem Kopf, nähert er sich der Terrasse und nimmt ein wenig abseits Platz.

Man serviert ihm einen einfachen Weißen, und er bleibt hier sitzen, teilnahmslos, krumm, in der Hand sein Glas, das er ab und zu an die Lippen führt, und sein Gesicht verrät nicht das leiseste Behagen.

Gegenüber in der Grünanlage strecken sich Stadtstreicher auf den Bänken aus, um so die Nacht zu verbringen. Mit trübem Blick verfolgt der Stallknecht ihr Tun. Dann steht er auf, geht wieder hinüber zu den Ställen, ohne von irgend jemandem Notiz zu nehmen.

XII

Die Ellenbogen auf dem Tisch, sitzt Vater Deborger draußen auf der Terrasse vor seinem Glas Bordeaux und blickt dem Stallknecht nach. Der Gang des alten Mannes, die hängenden Schultern: sein Ebenbild.

Unwillkürlich macht er eine abwehrende Handbewegung und stammelt ein paar Worte. Nein, so tief ist er noch nicht gesunken ... Das hindert nicht, daß man ihn auf Abstand hält, daß man ihn allein läßt mit seinen Erinnerungen. Einsamkeit erstickt ihn. Sowie er den Mund öffnet: »Vater Deborger, das ist doch anno Tobak, eure Geschichte!«

Entmutigt stößt er einen Seufzer aus. Sein Körper sinkt in sich zusammen wie ein Haufen Lehm; sein schlaffes Gesicht mit den ausdruckslosen Zügen wirkt noch blöder. Mit zittriger Hand führt er sein Glas an die Lippen; ein wenig Wärme gelangt so in seine Adern. Am Nachbartisch prahlen lauthals junge Männer mit ihren Abenteuern. Er hört ihnen zu ... Auch er ist einmal jung gewesen, auch er ist einmal ein Lehrling gewesen.

Er arbeitete in der Rue du Pas-de-la-Mule bei einem Buchdrukker. Damals hatte man einen Zehnstundentag und konnte sich nicht vor der Arbeit drücken. Mittags aß er in einem Restaurant; er schlang sein Essen herunter, um noch auf einer Bank an der Place des Vosges eine Zigarette zu rauchen, gemeinsam mit seinem Kollegen Michel, der sich amüsierte, ihn mit Frauengeschichten zum Erröten zu bringen. Ihn, der kaum wagte, den Blick zu heben, um ein junges Mädchen anzusehen … Wie lange ist das schon her! Die Lehrjahre, der Tod seines Vaters, die Militärzeit … Nach der Entlassung aus dem Regiment hatte er sich verlobt. Mit Marcelle, einem hübschen Mädchen. Er war ihr oft in der Rue de Belleville begegnet. Er erinnerte sich nicht mehr sehr gut daran, wie sie sich kennenlernten, aber an einem Sonntagnachmittag waren sie gemeinsam ausgegangen, sie und er …

Vater Deborger schließt die Augen. Er sieht Marcelle im Gras, mit bloßen Armen, einem vor Jugend strahlenden Gesicht.

… Er hatte sie geheiratet. Jeden Abend kehrte er rasch von der Arbeit heim, zitterte vor Bewunderung und Dankbarkeit. Dann, eines Tages …

Bei dieser Erinnerung stützt sich Vater Deborger noch schwerer auf den Tisch. Noch heute zieht es ihm das Herz zusammen, und er versteht nach wie vor nicht, warum Marcelle ihn verlassen hat.

… Seine alte Mutter war zu ihm gezogen, und die Jahre flossen dahin, monoton, von überflüssigen Festen unterbrochen. Seine Kumpane hatten ihn in die Politik hineingezogen; es gab noch »richtige« 1. Mai-Feiern. Eines Tages begegnete er dann Marie Dutertre.

Eine junge Witwe. Sie bediente in dem Restaurant, wo er seit dem Tod seiner Mutter aß. Er fand es schön, sie jeden Abend wiederzusehen. Eine solche Frau, so einfach und bescheiden, paßte zu ihm. Er hatte nicht den Mut, mit ihr über eine Heirat zu sprechen. Schließlich hatte er sich doch entschlossen, und Marie Dutertre hatte »ja« gesagt. Sie waren zusammengezogen, frohgemut hatten sie beide geglaubt, ein neues Leben zu beginnen. Aber schon im selben Jahr raffte das Typhusfieber Marie Dutertre dahin.

Jeden Sonntag legte er Blumen auf das Grab, in dem sie ruhte. Aber die Konzession für Begräbnisplätze gilt nur für fünf Jahre;

eines Tages fand er die Grube geöffnet vor, es war nichts mehr von Marie geblieben … nur ein Name …

Die Lippen von Vater Deborger überläuft ein Zittern.: »Marie Dutertre.« Wie gut, wie tapfer sie war! Ihm kommt es vor, als sei sie erst gestern gestorben … Und die andere, Marcelle, was ist aus ihr geworden? Wo ist sie? Marcelle, Marie, seine Mutter … Das Leben … Das Leben … Nein!

Mit einem Klaps auf die Schulter reißt Saquet ihn aus seinen Erinnerungen. »Man denkt wohl an seine kleinen Geschichten, Vater Deborger. Möchten Sie etwas trinken?«

Er nimmt an. Endlich heitert sich der Abend auf. »Patron, einen kleinen Bordeaux!« Er ist froh darüber, aus seiner Einsamkeit befreit zu sein. Gelassen stützt er sich auf seinen Stock und sieht den anderen beim Kartenspielen zu. Manchmal erlaubt er sich, einen Rat zu geben. »An Ihrer Stelle, Saquet, würde ich zum Angriff blasen!«

Die Spieler applaudieren ihm. Der Alte, was für eine Dreistigkeit! Listig blinzelt er mit den Augen. Lange Zeit ist er von einem möblierten Zimmer ins nächste gezogen, bevor er sich im *Hôtel du Nord* festgesetzt hat. Hier fühlt er sich wie in einer Familie. Die Lecouvreurs sind liebenswürdig; fehlt ein Manillespieler, ruft man ihn. Junge Setzer fragen ihn, wie man zu seiner Zeit arbeitete. In seinem Beruf konnte er Ratschläge erteilen, obwohl er ihn aufgegeben hat. Heutzutage ist er Handlanger: eine Arbeit, die ihm gerade noch erlaubt, seinen Lebensunterhalt zu verdienen … Aber wozu soll er sich beklagen, mit fünfundsechzig …

Vater Deborger blickt auf seine Uhr. Es ist spät, und morgen ist kein Feiertag. Trotzdem möchte er noch gerne sitzenbleiben, seinen Stock zwischen die Beine geklemmt, den Zigarettenstummel im Mundwinkel. Es ist gut hier … Aber auf der Terrasse sitzt fast niemand mehr, der Quai ist menschenleer.

– Wir schließen gleich, sagt Lecouvreur.

– Ich gehe schon, Patron.

Sieh da, seine Beine sind schwach, wollen ihn nicht mehr tragen.

Vielleicht der Bordeaux … Was soll's! Je mehr man allem entsagt, um so eher krepiert man. Er stützt sich auf seinen Stock und macht ein paar Schritte.

– Warten Sie! Ich öffne Ihnen die Tür zur Treppe, ruft Lecouvreur.

– Bemühen Sie sich nicht. Mir sind nur ein bißchen die Beine eingeschlafen …

Vater Deborger wohnt im zweiten. Das ist hoch. Er bleibt oft stehen, um wieder Luft zu holen. Endlich, sein Zimmer … Er stößt einen Seufzer der Erleichterung aus. Aber er vermißt das hell erleuchtete Café, das Leben der anderen, das ihm hilft zu vergessen. Im Hotel ist alles ruhig. Wenn er bloß schlafen könnte, nicht mehr diese Schmerzen hätte, die seinen Körper quälen. Schon bald wird er nicht einmal mehr die Kraft haben, die paar Groschen zu verdienen, die er zum Leben benötigt. Und was dann? Das Armenhaus? …

XIII

Renées Niederkunft stand bevor. Die Kleidung in Unordnung, die bloßen Füße in schäbigen Pantoffeln, so schleppte sie sich durch die Hotelflure. Ihr Zustand erzeugte Heiterkeit: »Renée, Sie verstopfen den Durchgang!«

Die große Hitze brachte sie um. Von ihrer strahlenden Gesundheit war nichts mehr übrig. Die kleinste Anstrengung trieb ihr den Schweiß ins Gesicht. Es war schon einige Zeit her, daß sie in einem fort die drei Etagen des Hotels gewischt hatte; im Moment konnte sie gerade mal die Zimmer in Ordnung halten.

Von Müdigkeit übermannt streckte sie sich oft auf dem Bett eines Hotelgastes aus und schlief ein. Ein von Alpträumen begleiteter Schlaf, der sie kaum erfrischte. Lecouvreur hat sie rausgeworfen, sie geht mit ihrem Kind auf dem Arm am Ufer des Kanals entlang ...

Das Geschrei der Rollkutscher ließ sie jäh erwachen. »Muß mich beeilen«, stammelte sie. Doch mit baumelnden Beinen blieb sie auf der Bettkante sitzen und gähnte; sie hatte einen üblen Geschmack nach Klebstoff im Mund. Sie fuhr sich mit der Hand über das Gesicht, um die bösen Träume zu verscheuchen. Ihr Blick fiel auf die mit Ansichtskarten tapezierte Wand: nackte Frauen, Fotos, die sie früher in den Taschen ihres Liebhabers gefunden hatte.

Sie dachte an Trimault. Er hatte nie wieder etwas von sich hören lassen. Sicher lebte er inzwischen mit einer anderen zusammen! Er war ein Schwächling. Sie dachte an ihn ohne Eifersucht und ohne Haß. Im Gegenteil, sie verdankte ihm schließlich, daß sie nach Paris gekommen war.

Schritte ließen sie aufhorchen. Sie versuchte, aufzustehen, fiel aber willenlos wieder zurück.

»Renée, wo zum Teufel sind Sie mit den Schlüsseln?«

Ein Arbeiter, der heimkam. Jetzt schon? Und die Zimmer waren noch nicht gefegt. Wenn er sich im Büro beschweren würde? ...

Sie strich in aller Eile das Bett wieder glatt, las ihre Lappen auf, den Besen, und machte sich an den Rest ihrer Arbeit, hielt sich dabei den Bauch.

Um sechs Uhr waren die Zimmer fertig; griesgrämige Gäste konnten ihr kaum Nachlässigkeit vorwerfen; das Wichtigste war, die Chefin zufriedenzustellen. Sie ging hinunter in den Schankraum und band sich ihre Schürze ab.

– Sie essen nicht zu Abend? fragte Louise.

– Nein, Madame, ich habe keinen Hunger.

Sie fuhr sich mit der Hand über die Augen.

– Ich bin nur müde ...

Und so schnell, wie ihr Zustand erlaubte, ging sie hinauf in ihr Zimmer. Die Helligkeit der Sommerabende, der fröhliche Lärm, der vom Kanal herüberkam, ließen sie gleichgültig. Noch in ihren

Kleidern warf sie sich aufs Bett, vergrub das Gesicht im Kopfkissen und schloß die Augen.

Um Mitternacht klopften ein paar junge Leute, die aus dem Kino kamen, gegen ihre Tür.

»Renée! Schlafen wir zusammen?«

Sie fuhr aus dem Schlaf hoch, überrascht, daß sie angezogen war, ihr Körper tat weh. Sie erkannte die Stimmen. Das waren die 24, die 16 und die 17, grobe Kerle, denen sie sich hingegeben hatte seit Trimaults Verschwinden. Sie schämte sich, daß man sie vielleicht hören könnte; vorsichtig tastend stand sie in der Dunkelheit auf.

Sie dachte an diese letzten Monate. Saquet ... dann die anderen. Sie war auf all ihre Versprechungen hereingefallen, man hatte ihre Sorglosigkeit ausgenutzt. Sie erinnerte sich an manchen Morgen, an dem sie weggeschickt wurde wie eine Hure.

Nur ein einziger Mensch im Haus hatte Sympathie für sie: die Chefin. Louise beschützte sie, tröstete sie, verzieh ihr alle Fehler, und Renée liebte sie treu ergeben.

Vor dem Schlafengehen wirft Lecouvreur einen Blick auf die Schalttafel. Eine gute Erfindung, diese Lämpchen, man sieht sofort, welche Gäste zu lange Licht anhaben. Nun, alles schläft, bis zum frühen Morgen wird es ruhig bleiben.

Er schaltet die Treppenhausbeleuchtung aus und zieht sich die Decke über. So was, Renée hat Licht an. Um ein Uhr ... Sie ist verrückt!

»Wenn Sie nicht in fünf Minuten das Licht ausmacht, denkt Lecouvreur, stell ich ihr den Strom ab.«

Er ist müde, aber er bleibt wach. Plötzlich fährt er wütend hoch. Nicht nur Renée hat das Licht noch nicht gelöscht, auch bei ihrem Nachbarn geht es jetzt an. Was treiben die beiden da bloß? Er wird gleich den Strom unterbrechen und ihn ein paar Mal hintereinander wieder einschalten, »Anrufen« nennt er das.

Es bleibt keine Zeit. Fußgetrampel erschüttert die Treppe, es klopft an seine Tür.

»Patron, gehen Sie schnell rauf! Renée kriegt ihr Kind!«

Lecouvreur springt aus dem Bett. Trotzdem hätte sich Renée eine günstigere Uhrzeit aussuchen können. Oben herrscht großes Durcheinander, das ganze Hotel ist bereits auf den Beinen. »Diese Dummköpfe glauben wohl, es brennt«, brummt Lecouvreur, während er seine Hose anzieht.

Die Hotelgäste drängen sich in Renées Zimmer. Sie bilden einen Kreis und ohne ein Wort, ohne eine Regung sehen sie der Frau bei ihren Wehen zu. Lecouvreur tritt näher. Auch er zögert.

»Denken Sie, daß es so weit ist ...?«

Ohne Antwort wendet Renée ihm ein verzerrtes Gesicht zu; sie ist außer sich vor Angst und Schmerz. Ratlos dreht Lecouvreur den Kopf zur Tür. Warum kommt Louise nicht?

Sie erscheint. »Sie muß ins Saint-Louis, entscheidet sie. Helfen Sie mir ... Bernard, Sie gehen meinem Mann zur Hand.«

Man hilft Renée aus dem Bett. Man zieht sie an. Aber die kleinste Bewegung verschlimmert die Schmerzen. »Nur Mut!«, sagt Louise. Sie hat Renée ihren eigenen Mantel umgelegt.

»Jetzt führt sie hinunter.« Und zu ihrem Mann gewandt: »Bring mir meinen Mantel zurück.«

Renée wirft einen verzweifelten Blick um sich, ihre Augen füllen sich mit Tränen. Dann läßt sie sich mitziehen. Man greift ihr unter die Arme, hilft ihr beim Hinuntersteigen auf jeder Treppenstufe. Endlich draußen an der frischen Luft ...

Auf dem Quai ist kein Taxi zu sehen. Die Gruppe zögert.

»Gehen wir zu Fuß«, befiehlt Lecouvreur.

Sie gehen den verlassenen Kanal entlang. Das Wasser ist schwarz; die meisten Straßenlaternen sind erloschen. Renée stolpert und stöhnt bei jedem Schritt. Ganz vorsichtig legen sie fünfzig Meter zurück. Keuchend bittet sie, stehenzubleiben.

Lecouvreur möchte ihr Mut machen. »Noch ein klein wenig Anstrengung«, sagt er schließlich.

Renée klammert sich an ihn. Sie gehen weiter. Ein Auto fährt mit hoher Geschwindigkeit vorbei; Bernard ruft, aber es hält nicht an. Endlich die Avenue Richerand: am Ende liegt das Krankenhaus.

Renée schließt die Augen. Wie lang sind die Abende her, an denen sie mit Trimault am Kanal entlanggging. Aber ein noch furchtbarerer Schmerz überfällt sie, reißt sie entzwei. Ihr ist, als müsse sie sterben.

XIV

Auf die Theke gestützt erzählt Lecouvreur seinen Gästen von der schlimmen Nacht, die hinter ihm liegt. »Daß muß nicht jeden Tag so sein, brummt er, ich habe kein Auge schließen können ... Ich bin noch wie gerädert.« Er unterdrückt ein Gähnen und setzt sich auf seinen Hocker.

Plötzlich ruft man von draußen nach ihm: »Patron! Man fischt gerade eine Wasserleiche raus. Kommen Sie her! Wir sind ganz vorne dabei!«

Rasch legt Lecouvreur seine Schürze ab; Vater Deborger paßt auf das Geschäft auf. Schon haben sich Neugierige beim Bateau-lavoir eingefunden. Mit langen Stangen versuchen zwei Flußschiffer eine schwarze Masse, die auf dem Wasser treibt, ans Ufer zu ziehen.

Lecouvreur hat nie zuvor einen Ertrunkenen gesehen: »Das soll die Wasserleiche sein, denkt er. Dieses Bündel alter Lumpen?«

Julot, der beim Herausfischen hilft, springt in ein Ruderboot, macht ein paar kräftige Schläge und packt den Ertrunkenen an einem Arm; er verzerrt das Gesicht; dann greift er nach einem Bein, hebt den Körper an und läßt ihn ins Boot gleiten.

»Sieh an, ein Weibsbild«, sagt er. Seine vom Wasser zurückgeworfene Stimme klingt laut in der Stille. Er rudert ans Ufer. Hilfsbereite Arme strecken sich ihm entgegen. Lecouvreur hat sich nach vorne bis zur Trage hindurchgeschlängelt; dort legt man den triefenden Leichnam ab.

Ein Frauengesicht, jung, aufgedunsen, schlammverschmiert, der Mund verzerrt, die Augen geschlossen; die Haare klebrig wie durchnäßtes Werg. Das schäbige schwarze Kleid klebt an schmächtigen Gliedern. Vielleicht ein junges Mädchen? Die Schuhsohlen klaffen; ein zerrissener Strumpf entblößt etwas Fleisch.

– Eine Selbstmörderin? fragt jemand.

– Na, sicher! antwortet Julot. Im Sommer fischt man jeden Tag welche raus.

– Ein Mädchen, das man hat sitzenlassen, murmelt Lecouvreur. Er denkt an Renée.

Der Anblick der Toten erschreckt ihn. Er dreht sich weg, ein Lied, das sie gerne bei Latouche singen, kommt ihm in den Sinn:

Ihr Leib war grün
war ach so grün
grün wie Spinat.

Zwei Männer heben die Trage an. Lecouvreur geht hinterher. Das Licht im Schleusenwärterhäuschen erinnert ihn an ein Aquarium. Graue Wände, von einem einzigen Fenster durchbrochen; auf einem Regalbrett Handschuhe, Gummistiefel, Gefäße; an der Tür ein Plakat: »Erste Hilfe bei Atemstillstand«; in einer Ecke zwei Gaskocher. Es riecht nach Schlamm und Phenol.

Mit gesenktem Kopf und hängenden Armen betrachtet Lecouvreur die am Boden abgestellte Trage. Julot wirft eine Packleinwand über die Leiche.

»Da ist nichts mehr zu machen, mausetot das Mädchen!«

Von den Neugierigen, die ins Schleusenwärterhäuschen drängten, geht einer nach dem anderen fort. Lecouvreur wendet sich als letzter ab, Julot folgt ihm.

– Kein Grund, sich einen Schrecken einjagen zu lassen, Mimile. Lassen Sie uns ein Gläschen trinken!

An der Theke gibt Julot geschwätzig Einzelheiten seines Fundes zum Besten.

– Das Mädchen wollte sich, glaube ich, in Stücke auflösen. Die Glieder hielten kaum noch am Körper.

Er trinkt, schnalzt mit der Zunge und nach einem Blick auf seine Zuhörer fährt er fort.

– Sie muß schon seit acht Tagen zwischen den Schleusen herumgetrieben sein wie ein Unterseeboot. Furchtbare Arbeit, das … Zum Glück kriegt man eine Prämie!

Er streckt die Arme zum Kanal aus und fügt hinzu:

– Da drin gibt's Ungeziefer … Katzen, Hunde … Embryos. Das kommt vom Bassin de la Villette herunter, mit den ganzen Haushaltsabfällen.

– Man müßte mir etwas dafür bezahlen, damit ich einen Bratfisch esse, bemerkt Lecouvreur.

– Ach, der Fisch ist gar nicht so schlecht. Vor zwei Jahren habe ich mehr als zwanzig Pfund rausgeholt, vor allem Aale. Damals, wißt ihr, als man das Bassin geleert hat, um nach Lecks zu suchen? Man hat eine Menge Zeugs aus diesem Müllabladeplatz geholt! Eimer, Latschen, alte Reifen … sogar ein Gitterbett! Wir mußten mit unseren hohen Stiefeln darin rumwaten. Uns stand der Schlamm bis zu den Knien. Und der Gestank! Ihr könnt es euch nicht vorstellen …

Er dreht sich noch eine Zigarette:

– Eigentlich müßte man den Kanal richtig reinigen. Wenn das so weitergeht, kommt man bald nichts mehr durch. Und dann im Sommer, in der Sonne, diese Fäulnis … Ach, wenn man nur vorbeigeht, denkt man nicht daran, man sieht nur die Lastkähne! Das erfreut das Auge. Aber man darf nicht glauben, daß alles rosig ist für die Anwohner …

– Wenn der Kanal reden könnte, äußert nun ein Thekengast. Der hätte manches zu erzählen.

Julot zuckt mit den Achseln. »Man gewöhnt sich dran.« Er stellt sein leeres Glas ab.

– Salut, Leute! Das Mädchen ist noch in die Morgue zu schaffen. Muß helfen, sie in den Wagen zu schieben.

Es ist Abend geworden. Lecouvreur sieht vor sich die große Biegung des Kanals; ein Rauschen wie von einem Wasserfall klingt von der Schleuse herüber. Die Erinnerung an die Ertrunkene hat ihn den ganzen Nachmittag über kaum in Ruhe gelassen. Er denkt sogar heute abend noch an sie. Er denkt auch an Renée.

– Ich mach mal meine Runde, sagt er zu seiner Frau.

Bisher hatte er nie Lust auf einen Spaziergang in der Abenddämmerung. Er überquert die Drehbrücke und geht den Quai entlang. Das Wasser ist ruhig; die unbeweglichen und dickbäuchigen Lastkähne liegen am Ufer lang ausgestreckt wie große Tiere.

Er geht langsam. Er umrundet einen Mann, der, einen Zementsack unter dem Kopf, auf der Erde schläft. Ein Clochard. Das Asyl am Quai de Valmy liegt weiter unten, düster und kahl wie eine Kaserne. Gestalten mit hängenden Schultern, eingefallener Brust, Alte mit schlurfendem Gang, die sich mühselig dahinschleppen wie der Stallknecht. Einer nach dem anderen gehen sie mit gebeugtem Rücken durch die Eingangstür des Asyls.

»Sie haben es da noch besser als unter den Brücken«, denkt Lecouvreur.

Auf einem Sandhaufen umarmt sich ein Liebespaar. Er überrascht sie bei ihren Küssen, ihrem leisen Flüstern. Er bleibt stehen und stößt einen Seufzer aus. Stadtstreicher gehen dicht an ihm vorbei. Von weitem hört man die Metro über den Viadukt rollen, dessen Pfeiler sich in der Dunkelheit verlieren; hell erleuchtete Züge streifen den Himmel wie Kometen.

Lecouvreur dreht sich um. Tief atmet er den Geruch seines Kanals ein, lauscht auf die verworrenen Geräusche, die aus den Straßen aufsteigen. Lichter blinken. Mit einem Blick umfaßt er liebevoll das im Dunkel liegende Viertel, dessen Zentrum für ihn das *Hôtel du Nord* ist. Langsamen Schrittes geht er wieder heim.

XV

Ein kleiner Mann, der alte Charles, Rollkutscher bei Latouche. Er hatte einen hüpfenden Gang, einen verwachsenen Körper, einen zu schweren Kopf, der über der Schulter hing. In seinem schmalen Gesicht klebte die von Bartstoppeln schmutzig dunkle Haut auf den Knochen, seine Augen blickten tückisch. Er stutzte selber seinen Schnauzbart »à l'américaine«.

Die Kleidung schlotterte um seinen Körper. Er trug über einer gestreiften Hose eine Militärjacke, die ihm wie ein Mantel gegen die Knie schlug. An Regentagen preßten ihm Wickelgamaschen die Waden zusammen.

Der alte Charles kam vom Land. Er liebte den Beruf des Rollkutschers, die Pferdeställe, den Misthaufen im Hof, was ihn an die Bauernhöfe in der Beauce erinnerte. Er hatte nur einen Gedanken: den Stallknecht zum Teufel jagen und seinen Platz einnehmen. Deshalb umkreiste er den kräftigen Latouche wie eine Stechmücke. Er schmeichelte ihm, verzog sein Gesicht, um ihn anzulächeln; nie trank er auch nur ein Glas bei Lecouvreur, ohne ihn einzuladen. Eine fixe Idee, der Wunsch eines Besessenen in einem zerrütteten Hirn. Eines schönen Tages erreichte er sein Ziel: Latouche entließ den Stallknecht.

Nun sah man, wie der triumphierende alte Charles in strohverklebter Kleidung von morgens bis abends über den Hof lief, wie er mit den Armen gestikulierte und überall, wo er nur vorbeikam, ein wildes Durcheinander anrichtete. Er untersagte den Kutschern den Zugang zu den Ställen, da sie ständig versuchten, eine Extraportion Hafer für ihre Tiere zu ergattern.

– Kümmer dich um deine Karre, schrie er. Und laß mich die Pferde auf meine Art versorgen!

Von der Scheune, die zu ebener Erde neben dem Hotel lag, rannte er zu den Ställen, verschwand fast unter dem Stroh, das er dorthin schleppte, um die Streu zu bereiten. Dann umrundete er die Tiere, erschreckte sie mit seinem Gebrüll und ließ keine Gelegenheit aus, ihnen hundsgemein einen Tritt zu verpassen.

– He, Schindmähre! Kommst du wohl her!

Ein anständiger Stoß. Das Pferd schlug aus.

»So willst du es also? Elendes Viech. Paß nur auf deine Rippen auf! ...«

Er kaute auf seinem Schnauzbart und schlug noch kräftiger zu. Man konnte meinen, er hätte noch ein Mütchen zu kühlen. Wenn sie bei der Tränke so richtig saufen wollten, riß er sie weg und führte, die Peitsche schwingend, die noch durstigen Pferde zu den Ställen zurück.

Er bildete sich etwas ein auf seinen Arbeitsplatz. Er war auf alles stolz, auf seinen Panamahut, der ihm über seine abstehenden Ohren reichte, auf seine verschmutzte weiße Weste, die von einer Kette geschmückt war, die er oftmals hervorzog, um nach der Uhrzeit auf seiner »Zwiebel« zu schauen.

Er hüpfte, »Hoppla hopp!«

– Sag mal, alter Charles, gehst du zur Hochzeit! schrien die Rollkutscher.

Er verzog das Gesicht, dann, als die anderen mit ihren Späßen nicht aufhörten, kehrte er ihnen den Rücken zu und ging wutentbrannt zu den Ställen. Er packte eine Peitsche, schlich sich mit List an die Pferde heran und mit vor Lust bebendem Gesicht schlug er zu.

Wenn es Zeit zum Mittagessen wurde, erschien der alte Charles bei Lecouvreur. Louise, die ihn verachtete, erwiderte seinen Gruß nicht : mit einer Kopfbewegung wies sie auf eine Tischecke, an die er sich mit seinem Mahl setzte: ein Kanten Brot, etwas Aufschnitt oder aber das Tagesgericht. Lecouvreur brachte Getränke und Gedeck.

Der alte Charles zog aus seiner Tasche ein feststehendes Messer und fing an zu essen. Er bediente sich mehr der Finger als der Gabel, aß über den Daumen, wie er es nannte. Zu jeder Mahlzeit trank er seinen Schoppen. Wenn er fertig war, reinigte er sich mit der Messerspitze die Zähne oder aber er sammelte, nach alter Bauernart, die Krümel vom Tisch und steckte sie in die Tasche. Er bewunderte seine mit Ringen aus Messing, die er von Straßenhändlern hatte, verzierten Hände. Er trällerte und rutschte auf seiner Bank hin und her.

Man bat ihn, noch ein Lied zu »schmettern«. Er hielt sich für ein Sangestalent und ließ sich nicht zweimal bitten. Er pflanzte sich mitten im Lokal auf, rollte mit den Augen und hob bereits die Arme, als Louise dazwischen ging.

– Hören Sie mal, wir sind hier nicht in Charenton!

– Lassen Sie ihn doch, Chefin, meinten die anderen.

– Soll er doch seinen Affenzirkus bei Latouche aufführen!

Fassungslos verließ der alte Charles das Lokal, gelangte zu seinen Ställen, ließ seine Peitsche knallen und tobte:

»Elende Schindmähren!«

Dann hörte man das dumpfe Geräusch von Pferden, die gegen die Trennbalken schlugen.

Eines Abends war Lecouvreur gerade dabei, das Café zu schließen, als noch ein Mann eintrat. »Ein Trunkenbold, dachte er, ich werde ihn gleich wieder rausschmeißen.«

– Einen Roten, Patron!

Lecouvreur zuckte zusammen; er kannte diese Stimme. Er zögerte einen Augenblick. Der Stallknecht! Tatsächlich, er hätte ihn fast nicht wiedererkannt! Ein zerzauster Bart verbarg sein Gesicht, und noch nie war seine Kleidung in einem so schlechten Zustand gewesen.

– Was ist aus Ihnen geworden? fragte Lecouvreur und reichte ihm die Hand.

Der Stallknecht schob seine schmutzige Mütze in den Nacken.

– Nichts, Patron.

Er zuckte mit den Achseln, nahm sein Glas und trank in kleinen Schlucken, genau wie früher.

Lecouvreur beobachtete ihn. Dieses verwüstete Gesicht, diese traurigen sanften Augen ... Schon griff der Stallknecht in die Tasche.

– Das geht auf mich, sagte Lecouvreur.

Der Mann dankte mit einem Kopfnicken. Er trank sein Glas aus und ging, nachdem er sich mit einer mechanischen Bewegung die Hose hochgezogen hatte.

Lecouvreur folgte ihm bis zur Tür und schaute ihm nach. Der Stallknecht ging den Quai de Jemmapes entlang mit dem schleppenden und schwankenden Schritt eines Landstreichers. Lecouvreur verlor ihn aus dem Blick, sah kurz auf die Wanduhr und begann sehr viel langsamer als gewöhnlich, seine »Terrasse hineinzubringen«.

XVI

Mit ihrem Kind auf dem Arm näherte sich Renée dem *Hôtel du Nord*. Es war neun Uhr. Von weitem betrachtete sie die Fassade des Hotels, dann kam sie langsam heran und riskierte einen Blick über die Scheibengardinen des Cafés hinweg: Julot und Mimar lehnten an der Theke, der Patron spülte Gläser; eine Putzfrau fegte den Raum aus.

Ihr klopfte das Herz; niemand erwartete sie so früh zurück! Sie zögerte, schaute um sich, als wolle sie Mut schöpfen, und beschloß, die Tür aufzustoßen.

Als erster rief Julot: »Sieh einer an, Renée mit ihrem Balg.«

Überrascht stellte Lecouvreur das Glas, das er putzte, auf den Tresen. Renée trat näher.

– Sie haben das Krankenhaus verlassen? fragte er.

Trotz ihrer Müdigkeit fand sie die Kraft, zu lächeln und die Hände zu schütteln, die sich ihr entgegenstreckten; dann ließ sie sich auf die Sitzbank fallen.

– Mögen Sie einen kleinen Wein? schlug Lecouvreur vor, das richtet Sie wieder auf.

Sie lehnte mit einer Kopfbewegung ab. Sie hielt ihr Kind auf den Knien, als wäre es eine Last, und stellte sich noch recht ungeschickt mit dem kleinen Körper an.

– Ein Junge? fragte Julot.

Er wollte die Tücher hochheben, in die das Baby eingehüllt war, doch sie wich zurück. Der Aufenthalt im Saint-Louis hatte sie den Männern entfremdet!

Besorgt verfolgte sie das Hin und Her der Putzfrau: eine Fremde, die ihr den Platz streitig machte.

Das Erscheinen der Chefin, ihre herzliche Begrüßung, zerstreuten Renées Befürchtungen, Louise nahm ihr das Kind ab.

– Wie heißt es denn?

– Pierre …

Sie schwieg. Louise hatte sich über das Kind gebeugt und hätschelte es schon wie eine Großmutter.

»Er ist hübsch«, murmelte sie. »Er sieht Trimault wirklich ähnlich.«

– Chefin, zeig mal her! schrie Mimar.

– Nein. Hauen Sie ab! Sie ersticken das Gör noch mit ihren Zigaretten … Lassen Sie uns dorthin gehen, sagte sie zu Renée und zog sie ins Hinterzimmer.

– Wollen Sie es stillen oder es einer Amme übergeben? fragte Louise nach. Das Baby will nur groß und stark werden.

Renée wischte eine Träne weg; sie war zu schwach, um sich zu äußern.

– Ja, ja, man sollte es einer Amme geben, fuhr Louise fort. Es ist besser auf dem Land aufgehoben als in Paris.

Renée vertraute ihrer Chefin blind. Sie nickte zustimmend. Louise reichte ihr das Kind.

– Und Sie, Sie werden anständig sein, nicht wahr? Freundlich fügte sie hinzu: »Heute kümmern Sie sich um nichts. Gehen Sie hinauf, und ruhen Sie sich aus.«

Renée betrat ihr Zimmer. Hier fühlte sie sich zu Hause. Aber welch quälende Erinnerungen erwarteten sie. Sie versuchte, sie zu vertreiben, legte ihr Kind aufs Bett und zog die doppelten Vorhänge zu. Dank der Bemühungen ihrer Chefin war alles in ordentlichem Zustand.

Der Kleine schlief weiter. Sie schaute ihn einige Minuten an. Eine Welle der Zärtlichkeit überflutete sie, sie vergaß die schlechte Zeit, die sie in diesem Zimmer erlebt hatte, und dachte nur noch an ihr Kind.

Am nächsten Morgen nahm sie tapfer wieder ihre Arbeit auf. Wenn sie frei hatte, erkundigte sie sich im Viertel nach einer Amme.

Man empfahl ihr eine Bäuerin, die im Departement Seine-et-Marne wohnte und sich um das Kind kümmerte. Nun begann für Renée ein neue Zeit. Sie lebte wieder wie früher allein. Aber inzwischen gehörten all ihre Gedanken ihrem Pierre, all ihre Küsse galten dem Foto, das an dem Tag aufgenommen worden war, als sie sich von ihm getrennt hatte. Halbnackt streckte das Kind auf einem Fell seinen kleinen rundlichen Körper aus. Ein schönes Foto! Es war nichts Vergleichbares von ihren früheren Liebschaften geblieben. Die jungen Leute schlichen vergeblich um sie herum, sie verabscheute alle Männer.

Louise bestärkte sie in ihrer Haltung.

– Passen Sie auf sich auf, Renée. Die Gäste sind Schweine! Sie werden immer nur versuchen, Sie auszunutzen.

– Ich weiß. Aber sie vergeuden ihre Zeit, jetzt, wo ich meinen Kleinen habe …

Ihre große Freude war, von der Amme Briefe zu bekommen oder ihr zu schreiben. Abends erledigte sie in der Stille des Hinterzimmers ihre Korrespondenz. Ihre Hände waren von der Arbeit verquollen, und der Federhalter rutschte ihr manchmal aus den Fingern. Sie bemühte sich zwar, gestand aber:

»Ich ziehe doch meinen Besen vor!«

Louise diktierte ihr, was es zu schreiben galt. »Setzen Sie auf: Sie werden nächste Woche Babywäsche und noch ein Paket erhalten.«

»Ja, sagte Renée. Bis dahin habe ich Zeit, die Windeln fertig zu machen.«

Ihre Chefin blickte ihr über die Schulter, gab Hinweise zur Rechtschreibung, und folgsam schrieb sie.

Dann nahm sie in aller Ruhe und frei von aller Begierde des Fleisches ihren Nähkasten, setzte sich neben Louise, die die Zeitung durchblätterte, und nähte. Von Zeit zu Zeit ließ Stimmengewirr sie aufblicken.

»Das ist der Oberidiot Kenel, der wieder seine Geschichten erzählt«, murmelte sie.

Sie spürte keine Neugier, ihnen zu lauschen, und vertiefte sich wieder in ihre Näherei. Sie war glücklich; sie lebte wie in einer Familie mit den Lecouvreurs. Schon seit Jahren hatte sie nicht mehr solchen Frieden gekannt.

Gegen 10 Uhr verließ sie das Café und ging hinauf in ihr Zimmer. Ein anheimelndes Zimmer, das von neuen Stoffen und Spitzendeckchen aufgefrischt worden war (diese Veränderung war auch eine Idee ihrer Chefin). In der Tat, sie fand Vergnügen daran, etwas für sich zu haben, in sauberen Laken einzuschlafen, nach einem letzten Blick auf das Foto ihres Kleinen …

Die Tage vergingen, ohne daß ihr Glück sich trübte. Bei der Arbeit hatte sie ein Lied auf den Lippen. Nie zuvor war sie so tüchtig; ihre Zimmer waren in gutem Zustand, die Treppe und die Flure glänzten vor Sauberkeit; die Dauergäste waren mit ihr zufrieden, sie erhielt anständige Trinkgelder.

Ein Glücksfall, dieses Geld, denn ihr Monatslohn mußte vollständig herhalten zur Bezahlung der Amme. Bald hatte sie eine kleine Summe beieinander und konnte sich neue Wäsche und Kleidung kaufen. Mal ein grell farbenes Korsett oder einen Unterrock, mal ein Faltenkleid oder einen bändergeschmückten Hut.

»Sie haben wirklich den Geschmack eines Landeis«, sagte die Chefin, wenn Renée ihre Einkäufe auspackte.

Aber sie war stolz auf ihre Anschaffungen, die sie sorgfältig im Schrank verwahrte. »Für später, dachte sie, wenn ich den Kleinen wieder bei mir habe.«

XVII

Eines Samstagabends ging Louise, von einer Freikarte in Versuchung geführt, ins Theater. Bernard, ein junger Elektriker, der seit ein paar Monaten im Hotel wohnte, beschloß die Abwesenheit der Chefin auszunutzen, um das Zimmermädchen »flachzulegen«, wie er gegenüber seinen Freunden geprahlt hatte. Er verbarg sich im Flur und wartete geduldig.

Renée war nie zuvor so verführerisch gewesen: in der Geborgenheit ihres geruhsamen Lebens blühte sie auf. Als sie vorbeikam, baute sich Bernard vor ihr auf, und bevor sie überhaupt einen Schrei ausgestoßen hatte, sagte er mit einschmeichelnder Stimme zu ihr:

– Haben Sie keine Angst. Ich möchte Sie ins Kino einladen! …

– Danke, Bernard. Sie sind sehr nett. Aber ich habe morgen noch Arbeit und gehe jetzt schlafen.

– War nur eine Idee, sagte er enttäuscht. Ihre Chefin, lehnt die auch ein Vergnügen ab?

– Oh, sie geht eigentlich nie aus.

– Aber Sie sind noch nicht in ihrem Alter. Trotzdem ist sie heute ins Theater gegangen. Kommen Sie, wir sind früh zurück. Im Tivoli läuft *Das Geheimnis des Eiffelturms* … Los, machen Sie schon.

Seit langem war Renée nicht mehr im Kino gewesen. Ihre Chefin war fort; heute abend langweilte sie sich ein wenig.

– Tivoli? Das ist ziemlich weit.

– Weit? Ich werde sie auf Händen tragen, sagte Bernard, der merkte, wie sie schwach wurde.

Sie zögerte. Es war vielleicht eine Gelegenheit, ihre Kleider zum ersten Mal auszuprobieren.

– Warten Sie auf mich ... Ich ziehe mich nur um.

– Möchten Sie, daß ich Ihnen dabei helfe? schlug er mit verstecktem Grinsen vor.

Er zündete sich eine Zigarette an. Als er sie wieder auftauchen sah, rief er:

– Donnerwetter! Sie haben ja tolle Klamotten an!

Im Tivoli entschied sich Bernard für Logenplätze. »Um gut sehen zu können«, erläuterte er. In Wirklichkeit wollte er mit ihr allein sein. Sie brauchten nicht zu warten, und die Leute, die vor dem Schalter für den zweiten Rang Schlange standen, sahen sie an sich vorbeigehen. In ihrem neuen Kleid lebte Renée auf, sie errötete vor Freude; die Seidenwäsche, die sie trug, streichelte ihre Haut.

Im Saal ging es laut her, und die Luft war bereits blau vom Zigarettenqualm. Vom Licht geblendet, hatte Renée den Eindruck, daß zahlreiche Zuschauer sie anstarrten. Bernard kaufte ihr Karamelbonbons. Auf einmal wurde es im Saal dunkel.

– Können Sie gut sehen, Renée? fragte Bernard.

Sie fühlte, wie er sich zu ihr neigte. Er war parfümiert. Sie sagte zu ihm:

– Sie duften sehr stark.

– Ich haben einen Freund, der arbeitet bei Houbigant, erklärte er. Falls es Ihnen gefällt, kann ich Ihnen einen Liter Eau de Cologne zum Einkaufspreis besorgen.

Renée erwiderte nichts. Das Angebot erschien ihr annehmbar. Ein netter Bursche, Bernard. Aber er kam ihr zu nahe, und diese Vertraulichkeit war ihr eher lästig.

Plötzlich flüsterte er: »Das sagt Ihnen gar nichts?«

Auf der Leinwand küßte sich ein verliebtes Paar auf die Lippen. Sie lachte etwas verlegen. Er legte seinen Arm um ihre Taille. Sie ließ ihn gewähren. Im ganzen Saal machten das viele andere Männer auch. In der Nachbarloge küßten sich zwei.

– Die beiden nebenan nutzen ihre Zeit gut aus, sagte Bernard.

Er wurde kühner und wollte sie streicheln, aber sie stieß ihn zurück.

– Wenn Sie so weitermachen, gehe ich.

Während sie verwirrt und zugleich beunruhigt schwieg, suchte er nach einer anderen Masche. Er erzählte aus seinem Leben, beklagte sich über seine Einsamkeit.

– Und Sie, die Sie immer allein sind, langweilen Sie sich nicht? Ihre Patrons sind doch keine Gesellschaft!

Sie schwieg noch immer.

– Stimmt wohl, mit Trimault sind Sie reingefallen, sagte er zartfühlend. Dann mit einer Stimme, die suggestiv klingen sollte: »Sie dürfen nicht glauben, daß alle Männer so sind wie er, Renée ...«

– Glaube ich auch nicht, flüsterte sie ohne Überzeugung.

Das Geheimnis des Eiffelturms wurde unterbrochen. Sie nutzte die Pause, um sich ein wenig Rouge aufzulegen. Ihre Augen leuchteten mehr als sonst, und sie schaute sich mit Freude im Spiegel an. Als sie den Kopf hob, merkte sie, daß Bernard sie musterte. Sie hatte kaum Zeit zu erröten; wieder wurde der Saal dunkel.

Als der Film zu Ende war, gingen sie hinaus.

Bernard schlug vor, noch ein Glas bei *Grüber* an der Place de la République zu trinken.

»Es gibt da ein Fest. Man kann den Karussells zusehen.«

Sie setzten sich auf die Straßenterrasse. Ihnen gegenüber waren Jahrmarktstände aufgebaut, ihre von Spiegeln verstärkten Lichter blendeten Renée. Sie lehnte eine Fahrt mit der Berg- und Talbahn ab. Sie fühlte sich wohl auf ihrem Platz. Bernard spendierte ihr zwei Gläschen Chartreuse, und langsam wurden ihre Beine schwer. Sie streifte sein Gesicht mit der Hand; die Musik des Orchestrions betäubte sie, vor ihren Augen drehte sich alles.

Sie stand auf: »Gehen wir nach Hause.«

Sie ließ sich am Arm nehmen, und so erreichten sie den Kanal. Das Tschingbum der Karussells hatte aufgehört; die Nacht war mild und angenehm. Renée blieb stehen und legte den Kopf zurück.

»Diese Sterne heute abend«, seufzte sie.

Bernard stützte sie. Plötzlich fühlte sie zwei glühendheiße Lippen auf ihrem Mund brennen. Er zog sie weiter, küßte ihren Hals, flüsterte ihr Liebesworte zu. Als sie vor dem *Hôtel du Nord* standen, klingelte er.

»Aufgepaßt. Der Patron hat gute Ohren.«

Auf Zehenspitzen gingen sie am Büro vorbei. Oben im zweiten Stock preßte Bernard sie an sich. Sie war machtlos, zitterte.

»Komm«, keuchte er.

Wortlos folgte sie ihm in sein Zimmer.

XVIII

Louise, die Handtücher säumt, blickt plötzlich auf. Es hat an der Bürotür geklopft.

– Was ist los? ruft sie, ohne sich vom Stuhl zu erheben. Keine Antwort. Daraufhin steht sie auf und öffnet. Ein Unbekannter, der einen Koffer trägt.

– Entschuldigen Sie die Störung, ich suche ein Zimmer.

Der Mann ist anständig gekleidet. Er wirkt ängstlich. Er stellt seinen Koffer ab, der ihm gegen die Beine schlägt, und zieht höflich den Hut. Louise wirft ihm einen freundlichen Blick zu.

– Möchten Sie ein Junggesellenzimmer? fragt sie.

– Nein. Wir sind zu zweit; meine Frau steht noch draußen vor der Tür. Warten Sie, ich rufe sie ... He, Ginette!

– Ich habe etwas im dritten, erklärt Louise. Fünfundvierzig Francs die Woche. Wäre Ihnen das recht?

– Ja.

– Bitte, setzen Sie sich einen Augenblick. Ich muß Sie noch eintragen. Wir gehen dann anschließend hinauf ...

Sie zieht unter der Theke das polizeiliche Meldebuch hervor, ein

Register mit blauem Einband, und schlägt es sorgfältig auf einem Tisch auf.

– Haben Sie ihre Papiere dabei? Ich muß alle Ihre Personalien vollständig haben. Es ist sehr ärgerlich, aber es gibt so viele Fremde in Paris!

– Selbstverständlich. Ich heiße Prosper Maltaverne.

Der Mann zieht aus seiner Brieftasche einen Umschlag und reicht ihn Louise, die eine Sekunde lang zögert.

– Man kennt sich gar nicht mehr aus in diesem Papierkram. Maltaverne, Prosper ... Das kann man auf jeden Fall gut behalten. Ich habe hier Polen, deren Namen kann ich nicht einmal schreiben: Trotzdem muß ich mein Buch auf dem laufenden halten. Es könnte sich ja ein Dieb ins Hotel einschleichen ... Welcher Beruf?

Maltaverne setzt eine verlegene Miene auf und beugt sich vor:

– Ich bin Schutzmann. Das macht Ihnen doch nichts aus?

– Ich habe noch nie einen beherbergt. Nicht, daß man als Polizist unter den Brücken schlafen sollte ... Und Sie heißen, Madame?

– Mademoiselle Ginette Buisson.

– Ich hielt Sie für verheiratet, bemerkt Louise. Nun, das geht mich nichts an.

Sie hört auf zu schreiben, klappt das Buch zu und lächelt ihre neuen Gäste an.

– So, alles nach Vorschrift. Sie wissen besser als ich, Monsieur Maltaverne, der Polizei kann man es nie recht machen. Hier kommt der »Kontrolleur« alle zwei Tage vorbei ... Jetzt zeige ich Ihnen Ihr Zimmer oben.

Im dritten Stock öffnet Louise eine Tür.

– Sie sehen, es ist sehr hell; es geht auf den Kanal. Es gibt einen Ofen zum Kochen, einen Schrank ...

– Ist das Bett gut? unterbricht die Frau.

– Bei uns sind die Matratzen tadellos. Sehen Sie.

Sie hebt die Bettdecken an. Maltaverne wirft Ginette einen fragenden Blick zu.

– In Ordnung, sagt er.

– Ich lasse Sie jetzt allein, Monsieur Maltaverne. Richten Sie sich ein.

»Er sieht nicht besonders pfiffig aus für einen Flic«, denkt sie beim Hinausgehen.

Inzwischen ist es Zeit zum Mittagessen, und der Flur riecht nach Küche. Louise verzieht das Gesicht.

»Diese Paare! Die produzieren irgendeine Schweinerei in ihren Töpfen.«

Im Vorbeigehen öffnet sie die Tür zu den Toiletten.

»Die Blonde von 36 hat mir irgendwelchen Dreck ins Loch geschmissen. Diese Schlampe ist zu faul, ihre Abfälle zum Mülleimer runterzubringen! Wenn man im dritten so viele Paare hat, bekommt man das Hotel nie sauber.«

Während Maltaverne sorgfältig seine Sachen aus dem Koffer in den Schrank räumt, öffnet Ginette, die sich über die kleinste Kleinigkeit freut, das Fenster, blickt hinaus und klatscht in die Hände. Sie hat Paris eigentlich noch nie verlassen. Sie hat leicht gekräuseltes Haar, lebhafte Augen und eine Stupsnase.

Laut ruft sie aus: »Wir haben es gut getroffen! Hier werden wir glücklich sein.«

Prosper stimmt mit einem Kopfnicken zu. Dann gehen sie Arm in Arm hinunter in den Schankraum. An der Theke schwatzt Kenel mit dem Patron.

– Was darf ich Ihnen anbieten? fragt Lecouvreur, der neuen Mietern stets eine Runde spendiert.

Prosper zögert, aber Ginette erklärt stürmisch:

– Geben Sie mir eine Amourette, Monsieur.

– Eine Amourette? fragt Prosper verdutzt.

– Alle Frauen sind verrückt nach diesem Zeug, redet Kenel vor sich hin.

Mit dem Schleckermaul einer jungen Katze schlürft Ginette ihren Aperitif. Schon hat sie Kenels Bekanntschaft gemacht.

– Wir sind heute morgen erst eingezogen. Wir wohnen in Nummer 34.

– Nicht möglich! Und ich in Nummer 33. Er lacht: Da sollte man doch wohl miteinander auskommen, was?

Dann mit liebenswürdiger Geste:

– Trinken Sie Ihr Glas aus, ich spendiere eine Runde.

Kenel und Prosper sind unzertrennlich geworden. Am Sonntag beim Spaziergang, im Café sieht man sie nie ohne den anderen, und wie selbstverständlich ist Ginette immer dabei.

– Propro, gibst du ein Glas aus? fragt Kenel.

– Hörst du, Ginette? Soll ich ja sagen?

Ginette ziert sich:» Du weißt genau, daß er unser Freund ist …«

Kenel wickelt sie mit den Augen ein. Eine Perle, die Kleine! Schon im ersten Monat ist sie seine Geliebte geworden, und jedesmal wenn Prosper Nachtdienst hat, geht sie zu ihm.

Er reibt sich die Hände und verpaßt Prosper einen Schlag auf die Schulter, der einen Ochsen niederstrecken könnte.

– Alter Bruder!

Der ist einen Moment lang ganz benommen, lacht dann aber.

Es stimmt, Kenel ist wie ein Bruder. Zwischen so einem Freund und einer Geliebten, die einem jeden Wunsch von den Augen liest, warum soll man da das Leben nicht großartig finden!

Sie essen oft gemeinsam zu Abend im Zimmer von Maltaverne, auf Nummer 34. Prosper mag diese ruhigen Abende sehr, wenn man nach dem Essen zur Verdauung noch eine »Kippe« raucht. Mit seinem Vorstadtakzent erzählt Kenel anzügliche Witze, oder aber er zankt sich lauthals mit Ginette, und Prosper sieht sich gezwungen einzugreifen.

– He, Kinder! Seid vernünftig.

– Ginette kann mich nicht riechen, erwidert Kenel.

Prosper wirft sich auf seinem Stuhl nach hinten.

– Ha! Ha! Hast du das gehört, Ginette? Kommt … Vertragt euch. Gib ihr einen Kuß, Kenel … Aber ja doch, wo ich dir schon die Erlaubnis erteile. Er lacht, als sie sich auf die Wange küssen.

– Los, noch einen … Na, bitte …

Er plustert sich auf wie ein Hahn. Wenn man ihn mit freudestrahlendem Gesicht bei Lecouvreur ankommen sieht, fragt man ihn:

– Wie geht's der Familie?

Er antwortet »gut«. Aber häufig spürt er in dieser Frage einen ironischen Unterton. Weiß Gott, man beneidet ihn!

Einmal allerdings hat er im Vorbeigehen ein leise gesprochenes Wort gehört, das man nur schwer runterschluckt.

Er, ein Hahnrei? Zum einen kennt Ginette niemanden in Paris. Es bleibt eigentlich nur Kenel. Aber bei dem ist nichts zu befürchten. Trotzdem hat dieser Gedanke länger in ihm gewühlt, als ihm lieb gewesen ist.

Eines Tages geriet er mitten in eine Unterhaltung. Die Chefin sagte: »Man könnte meinen, er hält die Kerze.« Sie verstummte, als sie ihn kommen sah. Ohne eine Erklärung zu verlangen, entfernte er sich verwundert. Hatten sie über ihn gesprochen?

Wenn er jetzt vom Dienst heimgekehrt ist, zieht er sich sofort um und geht hinunter ins Café. Des Tratsches wegen will er seine Frau beim Aperitif nicht länger mit Kenel allein lassen. Sein Erscheinen wird jedesmal mit einem schallenden »Hallo, Propro« begrüßt. Aber er lächelt nicht mehr wie früher; der Spitzname Propro ist ihm sogar peinlich.

Eines Abends hatten Mimar und Vater Deborger ihn gegen seine Gewohnheit zu einer Partie Karten verleitet. Er spielte ohne großes Interesse, war, unauffällig, ganz damit beschäftigt, aus den Augenwinkeln Kenel und Ginette zu überwachen, die an der anderen Seite des Tisches saßen; er versuchte, Bruchstücke ihrer Unterhaltung mitzubekommen.

Seine Ginette neigt sich zu Kenel hinüber; sie streift mit ihren blonden Haaren sein Gesicht. Sie plaudert und lacht plötzlich laut auf.

Entnervt kann sich Prosper nicht mehr zurückhalten. Er hat Kopfschmerzen; außerdem meint er, daß man ihn heimlich beobachtet. »Trumpf und nochmals Trumpf!«, schreit Mimar. »Ich habe gewonnen.«

Prosper wirft seine Spielkarten auf den Tisch; einige fallen zu Boden, er bückt sich, um sie aufzusammeln. Die Beine von Kenel und Ginette sind umeinandergeschlungen!

Mit einem Ruck steht er auf, stürzt sich blindlings auf Kenel und schlägt ihm die Faust mitten ins Gesicht. Gläser, Flaschen gehen auf den Fliesen zu Bruch. Ginette stößt einen Schrei aus und wird ohnmächtig. Kenel, der sich schnell wieder gefangen hat, packt Prosper an der Gurgel.

– Emile, bring sie auseinander! schreit Louise.

Die beiden Hitzköpfe wälzen sich zwischen umgestürzten Stühlen am Boden. Sie schäumen vor Wut, prügeln aufeinander ein. Es bildet sich um sie ein Kreis, ohne daß man ihnen zu nahe kommt. Kenel, dem stärkeren der beiden, gelingt es, Prosper in eine Ecke zu drängen, und hier, auf der Brust seines Gegners kniend, die Fäuste geballt, brüllt er:

– Ich zerquetsche dich wie ein Stück Scheiße!

Prospers Augen bitten um Gnade. Lecouvreur stürzt herbei.

– Schluß damit! Oder ich hole die Polizei.

Kenel steht als erster auf; einige Gäste helfen Prosper auf die Beine. Man versucht, die beiden zu versöhnen. Ginette, die auf einem Stuhl zusammengesackt ist, schluchzt ununterbrochen.

Mit geschwollenem Auge und offenem Hemd, die Kleidung voller Sägespäne läßt sich der lange Zeit unentschlossene Prosper schließlich doch zu seinem Ex-Freund hinüberziehen. Er weiß nicht mehr genau, was eigentlich passiert ist. Vielleicht hat er sich sogar getäuscht. Man drängt ihn, man schiebt ihn vorwärts. Er streckt Kenel die Hand entgegen.

– Nein, brummt der andere, so geht man nicht mit seinen Freunden um. Was habe ich dir denn getan? Sag es! Sag endlich, was ich dir getan habe!

Aber Lecouvreur nimmt ihn am Arm: »Los, vertragt euch, oder ich setze euch beide vor die Tür.«

Das Argument ist so überzeugend, daß Kenel und Prosper sich die Hände schütteln. Die Gäste klatschen Beifall.

– Jetzt trinkt erst einmal ein Glas, fügt Lecouvreur hinzu. An die Theke gelehnt stößt Prosper mit Kenel an und stammelt, noch immer am ganzen Körper zitternd, ein paar Worte der Entschuldigung. Ginette ist dabei, steht dicht neben ihm, wie früher auch; sie küßt ihn. Jemand klopft ihm freundschaftlich auf die Schulter. Nein, wirklich, er weiß nicht mehr, was eigentlich passiert ist.

Wenn man bedenkt, daß nur ein bißchen mehr ihn seinen Posten als Flic hätte kosten können!

XIX

Jeden Tag gegen ein Uhr stieß Madame Fouassin die Tür zum Café auf. Sie war eine Frau zwischen zwei Lebensaltern, nervös und mager, die in Heimarbeit »Artikel aus Paris« herstellte. Sie blieb einen Moment lang auf der Schwelle stehen, um ihre Hunde zu rufen, zwei Promenadenmischungen, die sie nie verließen, dann setzte sie sich an einen Tisch, legte ihre Tasche ab, ihre Hundeleine, ihr Schlüsselbund, und während sie die Mahlzeit der Lecouvreurs begutachtete, redete sie unermüdlich.

»Ich habe keine Lust mehr, zuhause zu bleiben, meinte sie. Ich höre von morgens bis abends nur beim Husten zu, wie im Krankenhaus. (Ihr Mann lag mit Tuberkulose im Sterben.) Wenn ich mich im Eßzimmer einschließe, ruft er ständig: ›Lucie, bring mir ein Taschentuch, Lucie, bring mir einen Kräutertee, gib mir dies, gib mir das …‹ Er denkt wie alle Kranken nur an sich … Gut, er leidet! Aber das ist seine Sache; früher ist er ganz schön gemein zu mir gewesen. Selbst nachts kann ich kein Auge schließen. Ich habe eben Pech gehabt! Nach dem Mittagessen zum Beispiel, da gebe ich meinem Laufmädchen Anweisungen und gehe danach ein bißchen aus. Versetzen Sie sich in meine Lage, Madame Lecouvreur … Und dann muß ich auch noch die Viecher ausführen.«

Louise, der dieser Bericht den Appetit verdarb, pflichtete aus Höflichkeit bei.

– Na klar. Man kann nicht Unmögliches tun.

– Ach, ja, das geht nun schon bald zwei Jahre lang, fing Madame Fouassin wieder an. Selbst unser bißchen Erspartes ist dabei draufgegangen … Nun, eines Tages wird hoffentlich alles ein Ende haben … Latouche ist noch nicht hier gewesen, Patron?

– Nein. Wir haben ihn noch nicht gesehen. Er mußte zu den Hallen fahren.

Madame Fouassin bestellte einen zweiten Kaffee. Nachdem sich die Hunde unzählige Male um sich selbst gedreht hatten, erleichterten sie sich auf dem Fliesenboden. Da fuhr Madame Fouassin hoch.

»Schweinerei! Wo ist meine Hundeleine … Kiki! Colette!« Sie verbog sich bei jeder Silbe die Zunge und sagte »Tolette«. Sie erwischte Kiki am Rückenfell und verpaßte ihr scheinbar zur Strafe ein paar Schläge. Danach plauderte sie weiter mit Louise.

– Schau an, Sie essen Schwarzwurzeln? Ich habe letzte Woche welche gemacht. Wenn man wie ich in einer Apotheke lebt, bringt das einen wieder auf die Beine. Nur, welche Arbeit man mit dem Putzen hat.

Endlich kam Latouche herein, eingemummelt in seiner Rollkutschermontur.

»Ich warte auf Sie seit einer Stunde, kreischte Madame Fouassin. Ich bin schon bei meinem zweiten Schwarzen. Stimmt's, Patron?«

Latouche zog schnaufend seinen Ledermantel aus, setzte sich neben sie und nahm Kiki auf seine Knie. Madame Fouassin stützte die Ellbogen auf den Tisch, gab manchmal der vor Ungeduld kläffenden Colette einen Klaps und hörte andächtig dem Fuhrunternehmer zu, verschlang ihn mit den Augen.

Latouche vertraute ihr die Probleme seines Metiers an, hielt zwischen zwei Sätzen nur inne, um einen Schluck Kaffee zu nehmen und sich mit der Hand über seinen großen feuchten Schnauzbart zu fahren.

Eines schönes Tages erklärte er.

– Mir reicht's, mir wird alles zuviel. Ich habe zwar den Vater André als Sekretär, aber was kann der wohl noch machen? Er ist viel zu alt. Sehen Sie ... ich brauche jemanden seriöses, intelligentes, tatkräftiges ... Zur Not eine Frau.

Madame Fouassin fuhr erschrocken auf.

– Patron, rief sie, um ihre Verwirrung zu verbergen, zwei Marc!

Latouche leerte sein Gläschen, schnalzte mit der Zunge, dann schwieg er. Madame Fouassin spielte zerstreut mit ihrem Schlüsselbund.

»Ich denke wie Sie«, murmelte sie.

Latouche schaute sie weiter von unten an. Schließlich stand sie auf und bezahlte die Rechnung.

Sie gingen hinaus, um ungenierter reden zu können.

»Hm, sagte sich Louise, die Sache wird ernst!«

Sie entrüstete sich nicht darüber; Madame Fouassin hatte ein schweres Leben mit ihrem Kranken, und Latouche war schließlich Junggeselle!

Eines Morgens suchte Madame Fouassin sie unvermutet in der Küche auf. »Ich möchte Sie etwas fragen, Madame Lecouvreur ... Unter uns ... Hätten Sie ein freies Zimmer, zwei- oder dreimal in der Woche, für eine Stunde?

– Ein Zimmer? Nun, ich helfe Ihnen gerne, aber doch nicht bei solchen Dingen.

Madame Fouassin bestand nicht weiter darauf. Sie mußte jedesmal ein anderes Plätzchen finden, denn von diesem Tage an bekannte sie sich ganz offen und ohne jede Scham zu ihrer Liebschaft. Die Gäste des *Hôtel du Nord* nannten sie »Mutter Latouche«. Sie nahm das nicht weiter übel, im Gegenteil, sie lachte darüber.

Sonntags ging sie mit dem Fuhrunternehmer aus. Arm in Arm machten sie sich auf den Weg und verbrachten den Tag in Villeparisis auf einem Grundstück, das Fouassin, der Tuberkulosekranke, früher einmal gekauft hatte und wo er statt eines Landhäuschens einen preisgünstig nach dem Krieg erworbenen Waggon ohne Räder aufstellte.

»Es ist nicht so schick wie eine Villa auf dem Land, sagte Madame Fouassin, aber den Sommer über ist man dort an der frischen Luft. Wir verbringen in dieser Bruchbude eine schöne Zeit, nicht wahr, Latouche?«

XX

Im Herbst ließ Lecouvreur das Lokal von Cerutti, dem Malermeister aus der Rue de la Grange-aux-Belles neu streichen. Hervorragende Arbeit! Marmorimitation an den Wänden, Eichenton für die Theke. Die Alten des Hotels konnten es nicht fassen. »Sie wollen verkaufen«, vermuteten sie.

Aber nein! Die Lecouvreurs, deren Geschäfte gut gingen, wollten nur, daß ihr Haus schön aussah.

Das *Hôtel du Nord* stand im Ruf, einen guten Kaffee zu servieren. Jeden Tag nach dem Mittagessen kamen die Arbeiter vorbei, um einen »Schwarzen« zu trinken. Das hieß für Lecouvreur Hochbetrieb. Er überschlug sich schier und konnte schließlich alle Welt zufrieden stellen. Verkündeten dann die Sirenen den erneuten Arbeitsbeginn, leerte sich das Café in wenigen Augenblicken.

Es blieben nur noch die Drückeberger, die Rentner oder ein kraftloser alter Mann wie Vater Deborger.

»Wir müssen gehen, aber wir lassen Ihnen den Friseur und die Friseurin«, riefen die Arbeiter und warfen hinter sich die Tür zu.

In der Tat blieben die Ramillons weiter an der Theke stehen.

Eine komisches Paar, Ramillon war Friseurgehilfe, seine Frau Putzmacherin.

Sein hufeisenförmiges Kinnbärtchen, sein gezwirbelter Oberlippenbart, seine kupferroten Wangenknochen, seine heisere Stimme, mit der er bestellte, ließen den Haarschneider eher wie einen Feldwebel erscheinen; wie ein alter Soldat trug er unter seiner festen Wolljacke einen Gürtel aus rotem Flanell. Madame Ramillon war nicht schön. Ihr Gesicht war pockennarbig und hatte tiefe Furchen vom Alkohol; sie schielte, ein Zucken verzog ihren Mund. Stets hatte sie einen fadenscheinigen, pelzbesetzten Mantel an; nie trug sie einen Hut. »Sie sitzen nicht auf meinem Kopf«, meinte sie.

Die Ramillons wohnten in einem alten Haus in der Rue Bichat. Ohne Kinder; ihre Tochter war mit einem Drucker fort. Aber sie besaßen eine Katze, ein alter Kater, auf den sie mächtig stolz waren.

»Natole, erklärte Ramillon und zeigte dabei seine Faust, hat welche, die so groß sind wie die hier!«

Louise lachte. »Anständige Leute, sagte sie sich, wenn sie sich nicht betrinken würden.« Sie war nachsichtig mit dem Friseur und der Friseurin, die ihr einen Wachhund geschenkt hatten: Badour, ein Foxterriermischling.

Montags hatte Ramillon seinen freien Tag. Gemeinsam mit seiner Frau zog er durch die Bistrots, die an diesem Tag üblicherweise ausschenkten. Man sah die beiden von der *Chope des Singe* zum *Bon Coin* gehen, vom Café *Capitale* zum *Hôtel du Nord*. Hier blieben sie dann hängen, nach Alkohol stinkend, die Kleidung in Unordnung, die Gesichter hochrot.

– Patron, sehen Sie sich meine Gattin an! schrie der Haarschneider. Sie ist besoffen.

– Ich bin besoffen? gab die Putzmacherin zurück. Haben Sie mich schon mal besoffen gesehen, Patron? Dieses Schwein da ist besoffen.

Die Ramillons stritten sich oft. Der Haarschneider behielt stets die Oberhand.

Eines Abends, zur Stunde der Kartenspieler, erschien die Putzmacherin bei Lecouvreur. Ihre Augen waren verstört wie bei einer Irren. Sie öffnete ihren alten Mantel, den eine Brosche aus Glasperlen zusammenhielt, und entblößte ihre mageren Schultern voll blauer Flecken.

– Ich fühle meinen Körper nicht mehr, stöhnte sie.

Sie lachte nervös. Ihre Brosche glitzerte. Sie nahm sie in die Hand und hielt sie ins Licht.

– Er ist schön, mein Diamant. Das ist alles, was ich noch habe. Ramillon wird ihn nicht bekommen!

Sie redete mit einer Art Blöken in der Stimme, und tänzelnd drehte sie sich um sich selbst.

– Bin ich nicht hübsch, sagte sie.

Sie legte sich ein paar graue Locken auf der Stirn zurecht, warf den Kopf nach hinten. Mit beiden Händen preßte sie ihre Brosche gegen die Brust; plötzlich ging sie wieder hinaus.

Der Haarschneider kam bald danach.

– Ich habe Angèle eine Tracht Prügel verabreicht, sagte er selbstzufrieden. Da weiß sie, wo's lang geht. Sie streitet sich jeden Abend mit mir um den Zaster. Er strich sich über den Kinnbart. »Patron, würfeln wir?«

Bei schönem Wetter besuchte Tochter Ramillon sonntags ihre Eltern, und die ganze Familie verbrachte dann ihre Zeit am Kanalufer. Die Mütze tief in der Stirn gezogen, mit offenem Kragen und ungekämmtem Haar ging der Friseur hinter den beiden wie Lumpensammlerinnen gekleideten Frauen her.

Das gute Einvernehmen dauerte nicht lange. Bald hörte man, wie sie sich lautstark zankten.

»Wenn's dir bei uns nicht gefällt, dann geh wieder zu deinem Typ zurück, schrie der Haarschneider seine Tochter an. Du kannst ihm sagen, daß er dir eine Tracht Prügel verpassen soll.«

Peng! Er gab ihr eine Ohrfeige; er hatte eine lockere Hand. Doch die Tochter war Schläge gewohnt. Sie protestierte nicht.

Ihre Mutter lud sie zu einem Glas ein.

»Ihr paßt gut zusammen, wenn's ums Saufen geht«, höhnte der Haarschneider.

Er sah voller Neid, wie sie in ein Bistrot gingen; vor sich hin pfeifend setzte er allein seinen Spaziergang fort.

XXI

Lecouvreur trat mit einem Telegramm in der Hand in das Zimmer, das Renée sauber machte.

– Hier, sagte er, das ist für Sie.

Renée stellte den Besen beiseite.

– Für mich?

– Levesque. *Hôtel du Nord*, antwortete Lecouvreur, der es eilig hatte.

Renée blieb allein mit dem Telegramm zurück: »Es ist vielleicht von der Amme«, dachte sie.

Seit vierzehn Tagen hatte sie keine Nachricht mehr über ihr Kind. Fieberhaft öffnete sie das Telegramm. Der Text tanzte vor ihren Augen: K.I.N.D. Plötzlich schmetterte der Sinn der Nachricht sie nieder. Halblaut, mit zitternden Lippen las sie zweimal hintereinander: »Kind gestorben« und brach auf dem Bett zusammen.

Sie preßte ihr Gesicht in die Decke und schluchzte, ohne an etwas Bestimmtes zu denken. Dann stöhnte sie auf wie ein Tier, erhob sich und ging hinaus.

Auf dem Flur begegnete ihr Mimar.

– Ich muß der Chefin Bescheid geben, sagte sie, dabei schlugen ihre Zähne aufeinander.

Er blickte sie verständnislos an. Sie taumelte, schlug die Hand vor den Mund, um ihr Schluchzen zu unterdrücken. Auf dem

Treppenabsatz blieb sie stehen, wischte die Tränen ab und ging Stufe um Stufe hinunter, hielt sich am Geländer fest. Schließlich stieß sie die Tür zum Café mit einem »Ah« der Erlösung auf und schwenkte das Telegramm.

Louise stürzte herbei: »Was ist mit Ihnen?« Sie griff nach dem Telegramm. »Oh, Emile, der Kleine von Renée ist gestorben!«

Renée war auf eine Sitzbank gesunken. Ihr Kopftuch hatte sich geöffnet, eine Haarsträhne fiel ihr auf die Schulter; sie starrte vor sich hin.

Seit dem Tag, als sie sich Bernard hingegeben hatte, war sie ohne eine Nachricht von ihrem Pierre gewesen. Ach, er hatte ihr nur Unglück eingebracht, der neue Fehltritt.

Sie faltete die Hände: »Mein Gott, mein Gott … vergib mir.«

Ein Gast, der eintrat, machte sich lustig. »Renée, hören Sie Stimmen!«

Sie nahm sich zusammen und stand auf. Louise ging zu ihr, versuchte sie zu trösten. Aber wortlos stieg sie hinauf in ihr Zimmer und zog sich an, um zum Bahnhof zu gehen und den nächsten Zug zu nehmen …

Am übernächsten Abend sahen die Lecouvreurs sie zurückkommen. Sie war nicht wiederzuerkennen und antwortete nur stotternd. Sie wollte in ihr Zimmer, wollte allein sein.

Louise zog sie ins Hinterzimmer und konnte ihr ein paar Worte entlocken. Pierrot war innerhalb von achtundvierzig Stunden von Koliken dahingerafft worden. Die Nachbarinnen sagten, daß man ihn nicht rechtzeitig behandelt hätte.

Sie hatte die Kinderwäsche mitgebracht, die nun sorgfältig eingewickelt in ihrem Koffer lag. Sie breitete die Mütze, die Schleifen, die Jäckchen auf ihrem Bett aus; gedankenverloren schaute sie sie an, rieb sie an ihrer Wange und bedeckte sie mit Küssen. Es war noch Leben in diesen kleinen Sachen, ein Geruch, eine zarte Wärme.

Sie hob den Kopf: Erinnerungen wurden wach. Der kleine Trimault … Und jetzt, nichts mehr; um sie herum dieses stickige Zimmer, Einsamkeit ohne Ausweg. Sie ließ die Arme hängen, und die Reliquien, die sie in den Händen hielt, entglitten ihren Fingern. Aber sie hatte nicht mehr die Kraft, sie wieder aufzuheben.

Zwei Wochen vergingen. Wenn Louise sie nach ihrem Befinden fragte, zuckte Renée traurig mit den Schultern.

»Ich langweile mich«, sagte sie.

Ihre Zimmernachbarin war Korsettmacherin, die das Leben genoß. Am Morgen plauderten sie im Flur.

»Was! Ein Kind«, rief Fernande, »das kann man noch einmal machen. Amüsieren Sie sich doch so lange.«

Sie war so überzeugend, daß Renée mit ihr ins Kino, ins Café und schließlich zum Bal-Musette ging. Renée ließ sich ohne allzuviel Widerstand ausführen; sie schminkte sich sogar, zog ihr neues Korsett an und die schönen Schuhe, die sie ziemlich drückten. Sie nahm sich an Fernande ein Beispiel, benutzte ihre Ersparnisse, um sich wertloses Zeug zu kaufen. Aber ihr würde es nie gelingen, sich so elegant anzuziehen wie ihre Freundin. Sie schämte sich ihrer roten Hände.

»Seien Sie nicht so schüchtern«, wiederholte Fernande immer wieder.

Beim Bal-Musette saßen Zuhälter und Gigolos an den Tischen, Paare tanzten nach den Klängen eines Akkordeons; Papiergirlanden schmückten die Wände.

Renée machte große Augen; eine blaue Rauchwolke hüllte sie ein. Fernande »schaukelte« schon dahin, während Renée mit offenem Mund dasaß, betäubt und angerempelt von den Tänzern. Dann sprach sie ein junger Mann an; sie ließ sich auffordern; sie drehte sich sittsam wie auf dem Land, gab aber in der festen Umarmung ihres Tanzpartners immer mehr nach. Den Kopf nach hinten geworfen überließ sie sich fröhlich den Walzerdrehungen.

Gegen ein Uhr morgens erreichten die beiden Freundinnen wieder das *Hôtel du Nord*. Bevor sie einschlief, durchlebte Renée noch einmal verwirrt den Abend: ein Tänzer hatte ihr vorgeschlagen, »die Bordsteinschwalbe zu machen«.

»Ich frage erst Fernande, was er damit meint.«

Fernande gab ihr alle notwendigen Erklärungen. Lachend nahm sie sie in verrufene Hotels mit auf »Partys zu viert«.

»Das klärt dich auf«, meinte sie.

Louise hatte durchaus versucht, Renée zurückzuhalten. »Bewahren Sie so die Erinnerung an ihren Kleinen? ...« Es half nichts. Bald schlief Renée sogar außerhalb.

Sie kehrte morgens zur Stunde heim, wenn die anderen zur Arbeit gingen. Sie schlüpfte durchs Treppenhaus, und die Gäste, denen sie begegnete, lächelten darüber, sie so in Schale zu sehen. Sie hatte gerade noch Zeit, ihr Kleid auszuziehen und mit einem feuchten Lappen über das Gesicht zu fahren, um die Schminke abzuwischen. Im Café begrüßte man sie mit spöttischen Scherzen, und wenn sie gerade ein Gähnen unterdrückte, meinten sie : »Renée hat einen Kater«.

Den ganzen Morgen lang schleppte sie sich von einem Zimmer zum nächsten. Sie hatte große Mühe, nicht einfach in tiefen Schlaf zu verfallen. Oft hatte sie in ihrer Schürzentasche eine kleine Flasche Rum dabei, und wenn sie nicht mehr konnte, nahm sie einen Schluck, um wieder zu Kräften zu kommen. Endlich war es Abend. Das war die Erlösung. Sie konnte schlafen gehen.

Eines Nachts, sie schlief noch fest, kam Bernard überraschend zu ihr. Während sie erwachte, wälzte sich Bernard bereits auf ihr.

»Mach keine Zicken«, flüsterte er und schloß ihr den Mund mit einem Kuß.

Als er am Morgen wegging, steckte er ihr einen Hundertsousschein zu.

Von diesem Tag an trennte sie sich von Fernande und schlief nicht mehr außerhalb; sie mußte sich nicht mehr schminken und ihr schönes Kleid anziehen. Die Hotelgäste, die Lust auf sie hatten, kamen auf ihr Zimmer. Man gab ihr ein »Trinkgeld« für ihre Gefälligkeit. Schon bald forderte sie es ein.

Die Lecouvreurs gerieten in Unruhe. Sie fürchteten um den Ruf des Hotels. Gleichwohl geduldeten sie sich. Doch eines Morgens, als Renée gegen zehn Uhr herunterkam, schrie Lecouvreur sie erregt an:

– Renée, Sie müssen sich eine andere Stellung suchen!

Sie stammelte: »Ich war krank, Patron ...«

– Nein! Ich glaube Ihnen nicht mehr. Ich habe die Nase voll. Los, führen Sie ihr liederliches Leben anderswo, nicht bei uns!

Nervös trommelte er mit den Fingern auf der Zinkplatte der Theke, seine Stimme zitterte vor Wut. Renée hörte ihm mit gesenktem Blick zu; mechanisch knäulte sie ein Taschentuch. Louise war nicht da, um sie zu verteidigen; und außerdem, hätte sie sie überhaupt verteidigt? Alles war zu Ende zwischen ihnen beiden. Sie erwiderte nichts, warf ihre Schürze auf einen Tisch und ging hinauf in ihr Zimmer ...

Faul streckte sie sich auf dem Bett aus; lange betrachtete sie die Zimmerdecke. Mehr als ein Jahr lebte sie schon hier. Nun gut, was soll's, sie würde eben woanders ihr Glück versuchen! Die zweihundert Francs, die ihr noch von diesem Monat blieben, würden ihr für eine Woche reichen.

Sie erhob sich und packte ihren Koffer. Es dauerte nicht lange; sie hatte nicht sehr viel Wäsche gehabt, als sie damals Coulommiers verlassen hatte. Mit einem Haufen Abfall und Kleinkram warf sie die Erinnerungen an ihr Baby in den Eimer. Dann nahm sie ihren Mantel vom Haken. Sie war jetzt frei. Aber was sollte sie anfangen mit ihrer Freiheit?

Sie zuckte mit den Achseln: »Ach, ich pfeif drauf«, seufzte sie. Und sie ging hinunter, um sich von den Patrons zu verabschieden.

Lecouvreur, der ein anständiger Kerl war, wollte ihr ein Zeugnis ausstellen. Alles in allem brauchte sich niemand über ihre Arbeit zu beklagen. Sie lehnte ab. Was nutzte es?

Die Lecouvreurs reichten ihr die Hand. Louise war trotz allem sehr bewegt und murmelte: »Viel Glück.«

Renée nahm ihren Koffer und ging hinaus. Wohin sollte sie sich wenden? Unschlüssig blieb sie auf der Drehbrücke stehen. Lastkähne, die in ihrem Leib die Stille der Provinz zu tragen schienen, glitten hinauf nach Villette. Sie wandte sich um. Durch die Rue de Lancry fuhren Autos in Richtung der großen Boulevards. Sie folgte ihnen, ohne sich noch einmal umzuschauen.

XXII

Marius Pluche fegte wie ein Wirbelwind in den Schankraum. Ein Südfranzose mit einem heiteren geröteten Gesicht und einem Schmerbauch auf kurzen krummen Beinen.

– He, Marius! Trinken wir einen Aperitif? schlug Bernard vor.

– Nein, danke, mein Freund, antwortete Pluche und nahm seinen Schlüssel vom Brett. Ich muß das Abendessen zubereiten.

Er war beladen wie ein Lastesel. Zum Glück wohnte er in Nummer 1, und die Treppe endete direkt vor seiner Tür.

»Uff«, machte er. Er packte seine Einkäufe aus: Oliven, ein Kaninchen, Speck, einen Kopfsalat und zwei Liter Wein.

Er wog das Kaninchen mit der Hand ab. »Ein schönes Stück, Monsieur Pluche«, sagte er und wiederholte damit den Satz des Fleischhändlers. Geschmortes Kaninchen, Kaninchen nach Jägerart?« Er dachte einen Moment nach, schnippte mit seinen dicken Wurstfingern: seine Lieblingsgeste, die jede spontane Entscheidung begleitete. Geschmortes Kaninchen! rief er. Und um sich in Schwung zu bringen, schenkte er sich einen kräftigen Schluck ein.

Seine Gerätschaften waren auf einem Regalbrett untergebracht: der gußeiserne Topf, die Kasserolen, die Bratpfanne, das Geschirr, leere Flaschen, ein Liter Öl, ein Salatkorb voller Knoblauchzehen. Pluche hatte das Zimmer in eine Küche verwandelt.

Er zog dem Kaninchen das Fell ab, zündete den Ofen an und briet es an. Er reckte den Hals, schnupperte den Duft, der dem Schmortopf entstieg. Es dürfte noch ein wenig Thymian an der Sauce fehlen.

»Ach was, Knoblauch ersetzt alles«, rief Pluche. Er holte den Salatkorb. »Die Angetraute wird sich freuen, wenn sie heimkommt!«

Er trank noch ein Glas, kaute ein paar Oliven. Das Kaninchen köchelte, es duftete gut im ganzen Zimmer ... Pluche nahm ein Buch, das auf dem Tisch herumlag, ein dicker fettfleckiger Wälzer, dessen Umschlag zur Hälfte fehlte. Er schlug es auf, fing an zu lesen, aber der Geruch der Sauce wurde zu intensiv, und er stand auf, um etwas frische Luft reinzulassen.

Kenel, der auf dem Flur vorbeikam, blieb stehen.

– Das riecht gut, das Essen! Sind Sie es nicht leid, die ganze Zeit zu kochen?

– Aber nein! Hier mache ich ein besseres Ragout als im Restaurant. Kommen Sie herein! Sie werden sehen, was Küche heißt.

Er hob den Deckel des Schmortopfes. Kenel schnüffelte und schnalzte mit der Zunge.

– Lesen sie Kochrezepte? fragte er.

– Nein. Das ist *L'Homme qui rit* von Vater Hugo. Ein bahnbrechender Roman. Haben Sie *L'Année Terrible* gelesen?

Pluche sprach über Politik wie junge Leute über die erste Liebe: ununterbrochen.

– Ich bin Syndikalist, begann er. Ich bin Weltbürger. Genossin Sonne scheint für jedermann.

Kenel verdrückte sich, und Pluche stürzte sich wieder in seine Lektüre. Mit einer Hand rührte er sein Ragout, mit der anderen blätterte er die Seiten um; neben ihm stand ein Glas Wein. Er las mit lauter Stimme, rollte mit den Augen, blies die Backen auf, und seine Stimme schwoll an wie der Mistral.

Um acht Uhr war das Kaninchen gar, aber Berthe Pluche, die in einem Restaurant an den Boulevards bediente, war noch nicht da.

»Sie wird wohl Überstunden machen«, sagte er sich. Und wer soll das alles essen? ... Nun, ich könnte die Patrons von meiner Kochkunst probieren lassen.«

Er ging hinunter:

– Patron, ich bringe Ihnen hier mein geschmortes Kaninchen.

– Oh! Oh! Das riecht gut nach Knoblauch, meinte Lecouvreur. Sie verwöhnen uns …

– Die Angetraute ist noch nicht zu Hause, und ich selbst mag nicht alleine essen …

Während Louise das Geschirr auf den Tisch stellte, legte Pluche dem Patron die Hand auf die Schulter.

– Meine Frau, das ist eine richtige Genossin. Ich sage ihr: »Geh du auf deiner Seite, ich auf meiner.« Auf diese Weise gerät man nie in Streit.

Er war der einzige im Hotel, der nicht wußte, daß sie ihm Hörner aufsetzte.

– Marius, Sie Teufelskerl! sagte Lecouvreur. Setzen Sie sich zu Tisch.

XXIII

Der kleine Chardonnereau kehrt aus der Schule zurück, die Mappe unterm Arm.

– Deine Mama kommt später, sagt Louise. Hier ist ihr Schlüssel.

Paul, ein schwächlicher Junge mit blassem ältlichem Gesicht, bedankt sich. Er rennt die Treppe hinauf, gefolgt von seinem »Freund« Badour, der ihm bis zur ersten Etage zwischen den Beinen herumläuft.

Paul bleibt vor dem Zimmer seines großen Bruders stehen (Gabriel, ein Schlachtergeselle, wohnt dort seit seiner Entlassung aus dem Militärdienst). Er klopft an die Tür. Keiner da.

Das Zimmer seiner Eltern, eines für drei Personen, ist das größte im Hotel und liegt am Flurende. Es mißt vier mal fünf Meter; auf der rechten Seite dient eine kleine Abstellkammer als Küche. Paul liebt die Farbe der Wandtapete, das Fenster, das auf den

Kanal geht. Wenn man sich ein wenig hinauslehnt, kann man das mit einer Fahne geschmückte Wärterhäuschen sehen und die Schleuse mit den wartenden Lastkähnen. Die Küche hat eine kleine Fensterluke, von wo aus man eine Menge Kamine und die Wäscherei in der Rue Bichat entdeckt; aber um die Wäscherinnen sehen zu können, die den Waschbläuel schlagen, muß Paul auf einen Stuhl klettern.

Die Chardonnereaus wohnen seit zwei Jahren in Paris. Sie haben sich in einem Hotel am Quai de la Rapée eingemietet, dann am Ende einer Passage; schließlich im *Hôtel du Nord* an dem Tag, als Papa Chardonnereau eine Arbeit als Rollkutscher bei Latouche gefunden hat.

Paul ist elf Jahre alt. Wenn er mit seinen Schularbeiten fertig ist, geht er zum Spielen runter an den Quai; er rennt mit seinen Kameraden hinter den Autos her oder schaut beim Angeln zu. Aber nicht immer gibt es nur Vergnügen. Seine Mutter, eine Reinemachefrau, arbeitet den ganzen Tag lang außerhalb, und oft muß er an ihrer Stelle die Einkäufe erledigen …

Mama Chardonnereau hat eine Liste der Besorgungen auf den Tisch gelegt. Paul versenkt sie in seiner Hosentasche, nimmt das Netz und stürzt die Treppe hinunter. Vor der *Chope des Singes* bleibt er stehen, riskiert einen kurzen Blick durch die Vorhänge, um etwas vom Billardspiel zu sehen, geht über die Straße und trödelt an den Auslagen der Geschäfte entlang. Alles weckt seine Begierde!

»Du schon wieder, mein Kleiner«, sagt der Bäcker. Paul nickt und streckt sein Heft hin (Mama Chardonnereau läßt stets nur Anschreiben). In der Rue de la Grange-aux-Belles trifft er seinen Bruder, der eine Dame untergehakt hat.

– He, Gabriel, ruft er.

– Laß mich in Ruhe, antwortet ihm der andere.

Paul ist wieder im Hotel, nimmt die Literflaschen Wein, die ihm der Patron reicht, läßt sie vorsichtig in sein Einkaufsnetz gleiten und geht aus dem Schankraum. Ganz schief, die Arme überanstrengt von der Last steigt er die Treppe hinauf, stößt bei jeder Stufe mit dem Fuß an.

Eine leichte Hand fährt ihm über die Haare.

»Guten Abend, kleiner Mann«, sagt Mademoiselle Raymonde, die im anderen Flügel des Hotels wohnt.

Wieder bei sich rennt Paul zum Fenster und drückt mit Herzklopfen sein Gesicht an die Scheibe. Er sieht Raymondes Schatten in ihrem Zimmer auf und ab gehen. Er klammert sich aufgeregt an den Vorhängen fest.

Plötzlich fällt eine Hand auf seine Schulter.

– Was machst du denn da?

Es ist Gabriel. Er bemerkt den Schatten Raymondes.

– Na, so was! Ich werde es Mutter sagen, wie du dir die Zeit vertreibst ... Wasch das Geschirr ab.

Paul geht wieder heimlich ans Fenster. Fragen brennen ihm auf den Lippen, er blickt seinen Bruder mit funkelnden Augen an.

– Du möchtest sie im Hemd sehen, was? fragt Gabriel. Er plustert sich auf. »Ich kenne Raymonde.«

– Ich auch.

– Du weißt nicht, was du da redest. Gib mir lieber was zu trinken, du Rotznase!

Paul deckt den Tisch; Gabriel trinkt, sitzt zusammengesunken und mit stumpfer Miene rittlings auf einem Stuhl. Ein schwerer Schritt ist zu hören, die Tür öffnet sich. Gut gelaunt, schwankend, eine Peitsche in der Hand kommt Vater Chardonnereau herein.

– Guten Abend, Papa, sagt Paul.

Chardonnereau schiebt ihn beiseite. »Schenk mir einen Roten ein.« Er setzt sich, fährt mit der Hand über seinen feuchten Schnauzbart, zieht seine Jacke aus, die nach Pferdestall riecht.

– Können wir essen?

Plötzlich ertönt die herrische Stimme von Mutter Chardonnereau. Gabriel geht öffnen. Chardonnereau steht auf. »Wir haben auf dich gewartete, Margot.« Ein Brummen antwortet ihm. Mutter Chardonnereau zieht sich den Mantel aus. Mit strengem Gesicht, die Hand zum Schlag erhoben, fragt sie: »Ist das Abendessen fertig, Paul?«

Paul riskiert eine Notlüge, aber seine Mutter geht in die Küche. »Kommst du her! Ich hatte dir gesagt, du sollst drei Beefsteaks kaufen. Und was ist das hier?« Sie gibt ihm eine Ohrfeige. »Nichts ist sauber!«

Sie pfuscht rasch das Abendessen zusammen: Koteletts, Spiegeleier, immer derselbe billige Wein, sie setzen sich zu Tisch. Sie essen, ohne etwas zu sagen, kauend beugen sie ihre Gesichter über die Teller.

»Paul, geh runter und kauf noch einen Liter«, befiehlt Mutter Chardonnereau. Sie wartet, bis ihr Sohn gegangen ist, und zieht dann ein Päckchen aus ihrer Tasche. »Sieh dir das an, Alter, und reicht ihm ein Seidenhemd. Ich habe es unter dem Bett von Madame Leclerc gefunden.« Ein Lächeln verzerrt ihr knochiges Gesicht. »Nicht schlecht, Wäsche so herum liegen zu lassen!«

– Gibst du es ihr zurück? fragt Chardonnereau.

– Bist du verrückt! Gabriel, hab ich etwa kein Recht, das Hemd zu behalten?

– Und ob, antwortet ihr Sohn. Die Patrons ...

Verächtlich spuckt er auf den Boden. Alle drei blicken sich wortlos an. Mutter Chardonnereau steckt das Wäschestück unter ihr Mieder.

– Ich finde schon eine Gelegenheit, es einer Frau im Hotel zu verkaufen.

XXIV

Regen peitschte gegen die Fenster, der Wind pfiff bösartig. Louise verließ ihren Platz, hob die Scheibengardine an: der Quai lag vereinsamt da. »Heute abend läßt sich nicht einmal eine Katze sehen«, dachte sie. Ihr Mann schlief. Sie sah Badour an, der zusammengerollt am Feuer lag und nahm ihren Arbeitskorb.

Plötzlich ging die Tür auf, und ein Mann betrat das Lokal.

»Aus, Nônô!« schrie Louise.

Der Unbekannte schüttelte seine Melone. »Was für ein Regen!« meinte er. Der Mann war etwa vierzig Jahre alt, hager, bärtig, mit einem langen schwarzen Überzieher bekleidet und einer Hose, die auf den Schuhen hing.

– Haben Sie ein Zimmer zu vermieten?

– Ja. Emile! He, Emile! ... Lecouvreur wachte auf. »Begleite den Herrn auf Nummer 3 ...« Darf ich vorher um Ihren Namen bitten.

– Monsieur Lad ... Ein Hustenanfall unterbrach ihn. Ladevèze, schloß er mit einem Pfeifton in der Stimme. Er nahm seinen Koffer und folgte Lecouvreur.

– Ein schönes Zimmer zur Kanalseite. Man hat dort frische Luft, erläuterte Lecouvreur.

– Ist es ruhig?

– Kein bißchen Krach. Um zehn Uhr schläft hier alles. Das ist kein Stundenhotel ... Ich sage das nicht Ihretwegen. Falls Sie ein Verhältnis hätten ...

Ladevèze machte eine flüchtige Handbewegung. Lecouvreur ging.

»Ein anständiger Mann«, sagte er zu Louise, die nickte.

... Am nächsten Morgen, als Ladevèze herunterkam, musterte Louise ihren neuen Mieter: ein Gespenst, eine Bohnenstange, spindeldürr und schlottrig, mit abgezehrtem Gesicht und fiebrigen Augen ... Welch eigenartiger Geruch von ihm ausging.

– Man hat Sie heute nacht husten hören, sagte sie.

– Eine kleine Grippe, antwortete er und setzte sich dicht neben den Ofen.

Doch bald wurde er von einem Hustenanfall erfaßt, er schüttelte den Kopf, krümmte sich, als wolle er seine Lunge ausspeien, und spuckte dann mehrmals peinlich genau in sein Taschentuch.

– Könnte ich ein wenig Kräutertee bekommen?

– Sie sollten eher einen Grog trinken. Das bringt einen zum Schwitzen, und danach fühlt man sich erleichtert.

– Nein, nein! ... Seine Stimme war halb erstickt. »Kräutertee.«

Louise brühte für ihn den Tee auf. Sie sah zu, wie er trank. Ein kranker Mann. Bei dieser Idee lief ihr ein Schauer über den Rükken. Als habe er ihre Gedanken erraten, warf Ladevèze ihr einen mißtrauischen Blick zu; er erhob sich und ging wieder hinauf in sein Zimmer.

Er kam nachmittags nicht herunter und tauchte auch an den folgenden Tagen nicht mehr auf. Man hörte ihn husten. Die verwunderten Gäste fragten:

– Was ist das für ein Typ auf Nummer 3?

– Ein neuer Gast, gab Louise zur Antwort.

Sie verzog das Gesicht und wirkte nachdenklich. Mehrmals am Tag brachte sie Ladevèze heiße Brühe und Kräutertee hoch. Er lag im Bett; seine spitzen Knie zeichneten sich unter den Laken ab; ein Geruch nach Apotheke herrschte in dem Zimmer. Man müßte lüften, das Bett aufklopfen, die Unordnung auf dem Tisch beseitigen. Ladevèze hatte den Blick zur Decke gerichtet und atmete vorsichtig; sein Gesicht, seine Hände waren feucht. Plötzlich rief er: »Lassen Sie mich, Madame Lecouvreur, ich benötige nichts weiter.« Ein merkwürdiger Mensch!

Zwei Wochen vergingen auf diese Weise. Eines Morgens schlug Louise ihm vor: »Sie sollten einen Spezialisten aufsuchen.«

»Ich kenne die Ärzte«, erklärte Ladevèze. Enttäuschung lag in seinem Lächeln. »Ich hoffte, in Paris geheilt zu werden ... und den Rest zu vergessen.«

Seine Lippen zitterten. Plötzlich erstickte ihn ein heftiger Anfall; man mußte ihm helfen, sich wieder aufzurichten, mußte ihm den Kräutertee reichen. Danach war der Zeitpunkt der Geständnisse vorüber.

Ladevèze machte die Dauergäste neugierig. »Was will er eigentlich hier in Paris, Chefin?« Louise zeigte nach oben. »Fragen Sie ihn selbst. Ich habe ihm nicht ein Wort entlocken können.«

Die Gäste schwiegen. Schließlich brummte Mimar: »Er scheint zu verrecken, der gute Mann.« Pélican fügte hinzu: »Es ist doch hoffentlich nicht ansteckend?«

Louise schüttelte den Kopf. »Ich versorge ihn gut.« Plötzlich vernahm man Ladevèze, der röchelte, der ausspuckte, und sein Husten durchzog das Hotel wie ein böser Herbststurm.

Als Louise den Auszug von Ladevèze mitteilte, atmeten alle erleichtert auf. Sie hatte alle List anwenden, lang und breit reden, beinahe drohen müssen, bevor er sich entschloß, ins Saint-Louis Hospital zu gehen. »Lassen Sie ihr Gepäck hier bei uns. Sie werden dort nicht lange bleiben.«

... Nicht lange. Louise besuchte ihren Kranken zweimal. Beim dritten Besuch war das Bett leer: Ladevèze war in der Nacht gestorben.

Vierzehn Tage später sahen die Lecouvreurs eine Frau das Café betreten, die einen strengen, gewichtigen Eindruck machte und deren Gesicht von einem Schleier verhüllt war.

– Erlauben Sie mir, daß ich mich vorstelle: »Madame Ladevèze«. Ihre Stimme war schroff, ihre Gesten affektiert. »Mein Ehemann hat hier gewohnt ... Haben Sie sein Gepäck aufbewahrt?«

Louise antwortete mit einem Kopfnicken. Sie nahm einen Schlüssel. »Ich begleite Sie in sein Zimmer.«

– In diesem Loch hat er gelebt? entfuhr es Madame Ladevèze, als sie oben angelangt waren.

– Ein Loch! gab Louise zurück. Ein Loch! Sie haben vielleicht Ausdrücke! Sehen Sie, hier sind die Sachen ihres Mannes.

Madame Ladevèze zog ihre Handschuhe aus, nahm ihren Schleier ab, setzte ein Lorgnon auf die Nase und nahm eine penible Bestandsaufnahme vor. Nacheinander nahm sie die Gegenstände in die Hand, befühlte sie, legte sie anschließend mit einem Anflug von Zufriedenheit in seinen Koffer.

– In Ordnung, sagte sie, als sie fertig war. Er hatte einen Schirm, nicht wahr?

– ???

– Einen Schirm mit Silbergriff.

Louise hob die Arme.

– Nun, erinnern Sie sich, es ist wichtig.

– Ich habe ihn nie mit einem Schirm gesehen.

– Sie erstaunen mich, er kann letztlich nur hier sein. Suchen Sie ihn ... Er hat nie seinen Schirm liegengelassen. Es war ein Hochzeitsgeschenk.

– Er wird ihn in der Eisenbahn vergessen haben ...

– Oh, Sie kennen meinen Mann nicht, Madame. Sie lachte kurz und bedrohlich, dann mit schneidender Stimme: »Man hat ihn bestohlen.«

Louise spürte, wie ihr die Galle hochkam. Angesichts dieser anspruchsvollen und hochmütigen Frau dachte sie an den erbärmlichen Trauerzug, dem sie auf dem Friedhof von Pantin gefolgt war. Sie konnte sich nicht zurückhalten. Hastig nahm sie die Gepäckstücke, lud sie Madame Ladevèze auf und schob sie in den Treppenflur. » Raus hier! Raus hier!«

Erregt blieb sie stehen. Von unten schrie Madame Ladevèze:

»Wenn Sie ihn wiederfinden, seinen Schirm, schreiben Sie mir!«

XXV

Delphine und Julie Pellevoisin lebten im Hotel, wie sie in der Provinz gelebt hätten. Linkisch, kleinlich, ängstlich gegenüber der Zukunft und gegenüber allen Zufällen, gingen sie niemals aus. Ihr gegen jedes Geräusch von außen abgeschirmtes Zimmer entsprach ihrem Geschmack: eine Einrichtung ohne Anmut, ohne Atmosphäre, wo die Träume alter Mädchen gediehen und wieder verdorrten.

Delphine war sechsunddreißig, Julie einunddreißig Jahre alt. Sie glichen sich, meinte Louise, »wie zwei Zwillingsschwestern«; dieselben Gesichtszüge, dieselbe schlaffe Haut, dieselben ausdruckslosen Augen. Aber auf der linken Wange von Delphine prangte eine behaarte Warze; ihre schmalen Lippen verliehen ihr einen abweisenden Ausdruck, während Julies Gesicht Sanftheit widerspiegelte. Sie trugen dieselben weiten, lang fallenden, dunklen Kleider mit komplizierten »Dessous«, die ihre Taille rundeten, mit hochgeschlossenen Blusen und Handschuhen aus Baumwolle, die ihre trockenen Hände verbargen.

Sie hatten sich ein Leben eingerichtet, in dem das Unvorgesehene keinen Platz finden konnte. Sie standen um sechs Uhr auf und nahmen ihr Frühstück ein; dann säuberten sie, ein Kopftuch umgebunden, das Zimmer mit einer Sorgfalt, die Louise den anderen Gästen als Vorbild anführte. Julie war Korsettmacherin und ging in ihr Atelier. Delphine, die Konfektionskleider anfertigte, setzte sich ans Fenster und nähte dort bis zum Mittagessen, das sie alleine verzehrte, denn ihre Schwester nahm ihr Essen mit.

Am Abend brachte Julie Einkäufe heim, und Julie bereitete ihnen ein bescheidenes Abendbrot. Beide setzten sich ganz bequem in ihren geblümten Morgenmänteln zu Tisch. Julie schwatzte beim Essen: sie hatte stets irgendeinen Ateliertratsch zu erzählen. Delphine brachte sie oft mit einem knappen Satz wieder zur Räson.

Sie teilten sich die Tageszeitung, die sie von der ersten Seite bis zu den Anzeigen durchlasen. Delphine kommentierte die vermischten Meldungen und wußte alles besser. Ihre Schwester stimmte mit einem Kopfnicken zu, ihre Gedanken schweiften ab ... Türen schlugen, junge Leute schrien laut im Flur, richteten Fragen an Fernande oder Raymonde.

»Welch ein Pack«, höhnte Delphine. Sie stand auf, und Julie hörte sie irgend etwas murmeln über »diese Kreaturen«. Dann schob sie den Sicherheitsriegel vor, den sie vom Patron verlangt hatte, zog ihr Nachthemd über und beschied: »Ab ins Bett!«

Sie schliefen bei geschlossenem Fenster. Julie, die an der Wand lag und fast erstickte, wälzte sich unter der Decke hin und her.

»Was hast du?« grollte Delphine. Sie lag lang ausgestreckt wie in einem Sarg, ein regelmäßiges Atmen hob ihre magere Brust, rasch schlief sie wieder ein, während Julie lange gegen ihre »Verrücktheiten« anzukämpfen hatte.

... Die Tage vergingen, einer wie der andere. Am Neujahrstag erhielten die Schwestern Nachricht von der Familie und schrieben ein paar Briefe; im Juli gönnten sie sich eine Woche Ferien auf dem Land. Jeden Samstag zahlten sie ihre Ersparnisse bei der Sparkasse ein, es war ihr einziger gemeinsamer Spaziergang.

Beim ersten Frost bekam Delphine die Grippe und legte sich ins Bett. Julie ging zum Frühstück hinunter ins Lokal.

Mit unsicherer Stimme bestellte sie bei Lecouvreur einen Milchkaffee, den sie trank, ohne den Kopf zu heben. Alle Augenblicke öffnete sich die Tür für neue Gäste, die der Patron mit freundlichen Worten begrüßte. Ein Strom der Herzlichkeit verband all diese Wesen, und Julie litt, ohne sich dessen recht bewußt zu werden, noch mehr unter ihrer Einsamkeit. Louise, die die beiden Schwestern schätzte, sagte ein paar liebenswürdige Worte zu ihr. Sie antwortete ihr mit einem Lächeln; linkisch auf den Tresen gestützt betrachtete sie ihr Gesicht im Spiegel. Als sie ihr Glas ausgetrunken hatte, verließ sie nachdenklich das Café.

Eines Morgens setzte sich Marcel neben sie. Er war einer von Latouches Rollkutschern, ein unternehmungslustiger, redseliger Bursche, über dessen Brust der Sportpullover sich spannte.

– Einen Schwarzen, Patron ... Ihr habt immer hübsche Mädchen unter eurem Dach, sagte er leise und ließ einen Blick auf seine Nachbarin fallen. Julie lief rot an. Sie verschluckte sich an einem Bissen ihrer Brioche.

– Geht's nicht runter? fragte Marcel.

– Doch, antwortete sie mit gesenktem Blick. Sie hielt ihr Taschentuch vor den Mund, um die Fassung zu bewahren.

– Patron! Schenken Sie der Mademoiselle ein Gläschen ein, verlangte Marcel.

Sie wollte ablehnen, aber Lecouvreur hatte schon die Bestellung ausgeführt.

– Sie sind sehr freundlich, Monsieur. Sie leerte ihr Glas in kleinen Schlucken; der Alkohol machte sie mutiger, sie musterte Marcel.

– Muß anspannen gehen, sagte er und gab ihr zwanglos die Hand. Er ließ seine Peitsche knallen, und Julie sah ihm nach.

Mit keinem Wort erwähnte sie diese Begegnung Delphine gegenüber. Am nächsten Morgen zog sie ihre hübscheste Bluse an und huschte hinunter. Marcel war da; er lüftete seine Mütze. Die Ellbogen auf dem Tisch und seinen Schnauzbart kräuselnd stellte er ihr Fragen. Julie kam es vor, als blicke alle Welt sie an.

In der Werkstatt dachte sie immerzu an Marcel. Seine Komplimente klangen ihr noch in den Ohren. Am Abend ging sie langsam ins Hotel zurück, mehr denn je entschlossen, ihr Abenteuer zu verschweigen …

Am nächsten Tag stand Marcel nicht am Tresen. Beunruhigt ging sie hinaus. Er erwartete sie mit seinem Wagen vor der Tür.

Er sagte: »Ich fahre zu den Hallen. Ich kann Sie ein Stück auf meiner Karre mitnehmen.«

Sie warf einen kurzen Blick auf das Hotel. Niemand würde sie sehen. »Ich komme gerne mit.«

Er half ihr beim Besteigen des Kutschbocks, machte ihr einen Platz mit seiner Decke zurecht, dann die Zügel in der einen, die Peitsche in der anderen: »Hü! Blanchette.«

Auf dem engen Kutschbock wurde Julie an Marcel gepreßt. Der Wagen schaukelte heftig. »Muß Sie wohl festhalten«, sagte Marcel. Er legte ihr einen Arm um die Taille, und sie ließ ihn gewähren. Sie fuhren den Boulevard Sébastopol hinunter. Breitbeinig und mit zurückgeworfenem Körper schimpfte Marcel auf das Gedränge in den Straßen, er fluchte und lenkte kühn seinen Wagen zwischen den Autos hindurch.

– Haben Sie keine Angst, Mamzelle Julie. Ich halte Sie fest. Er preßte sie noch enger an sich.

– Was würden die wohl im Hotel sagen, wenn sie uns so sehen würden?

Sie wurde rot; alles drehte sich vor ihren Augen; es kam ihr vor, als würden die Passanten sie beobachten. Zum Glück fuhren sie durch leere Straßen. Plötzlich blieb der Wagen stehen.

– Sie haben nur noch ein paar Schritte zu ihrer Fabrik, verkündete Marcel.

Sie sah ihn an, enttäuscht, schon so rasch angelangt zu sein. Sie öffnete den Mund, um ihrem Begleiter zu danken, als er sich jäh über sie beugte. »Mein Trinkgeld!«

Sie war fast ohnmächtig vor Glück, als sie in der Werkstatt ankam; der Kuß von Marcel brannte noch auf ihren Lippen. »Er liebt mich, er liebt mich«, wiederholte sie.

Ein paar Tage später befragte sie die wieder genesene Delphine: »Du bist so anders seit kurzem. Du ißt nicht mehr, du schläfst nicht mehr. Was bedeutet das?« Sie runzelte die Brauen. »Du verheimlichst mir etwas?«

– Aber nein! Ich schwör's, antwortete Julie.

Sie hatten eine weitere Fahrt mit dem Wagen unternommen, und Marcel bedrängte sie noch mehr um ein Rendezvous. Wie nur einen Vorwand finden, um allein auszugehen?

Als sie am Samstag heimkehrte, verkündete sie:

– Delphine, wir machen Überstunden in der Werkstatt.

Ihre Schwester, die den Tisch deckte, hob den Kopf.

– Du machst Überstunden? Das ist neu.

– Ja. Wir haben einen großen Auftrag bekommen ...

Delphine unterbrach sie. »Einen großen Auftrag.« Dann holte sie ein Foto aus ihrem Morgenmantel. »Und was ist das hier?«

Es war ein Foto von Marcel. »Du hast in meinen Sachen herumgewühlt«, schrie Julie. Und sie ließ sich auf einen Stuhl fallen.

– Oh! Heul ruhig, das rührt mich nicht, kläffte Delphine. Ich lasse nicht zu, daß du ein Leben führst wie unsere Nachbarinnen. Nie, niemals! Sie holte wieder Atem und zischte: »Auch ich hätte mich zu meiner Zeit beinahe gehen lassen ... Es war ein Angestellter, ich hatte mehr Geschmack als du! Eines Abends hatten wir ein Rendezvous vereinbart. Ich habe zwei Stunden lang auf ihn gewartet ... umsonst!«

Mit wild fuchtelnden Armen und verzerrtem Mund ging sie wütend auf und ab. »Deine Schwester betrügen; mich wegen eines Gassenjungen verlassen! Undankbare! Hier kommst du nicht mehr raus, verstanden! Schluß mit der Werkstatt. Du nähst Konfektion wie ich ... und nie wieder lasse ich dich ins Café. Und das Foto ... Sieh!«

Sie zerriß es in kleine Stücke.

Julie hörte nicht zu. Überwältigt von Scham und Verzweiflung, aber schon ihrem Schicksal ergeben, zog sie den Kopf zwischen die Schultern und schluchzte.

XXVI

Der Theaterschauspieler Raoul Farges blieb vor dem Büro stehen:

– Habe ich Post bekommen?

– Nein, antwortete Lecouvreur.

Sorgenvoll ging Farges die Treppe hinauf. Einen Monat ließ man ihn bereits warten auf das Engagement im Casino. Suzanne und ihr Kind (ein Wunderknabe von 10 Jahren) stellten in der Hoffnung auf bessere Zeiten Preisschilder her.

– Nichts Neues? fragte seine Frau.

Er schüttelte den Kopf und ging im Zimmer auf und ab.

– Hör mal, verlier nicht den Mut, sagte Suzanne. Mit deinem Talent findest du sicher bald ein Engagement.

– Talent. Er lachte höhnisch: Heutzutage, meine Kleine, pfeifen die Leute auf Talent.

– Sag so etwas nicht, Raoul. Paß auf, Dupré dreht gerade einen Film.

– Kino ... Niemals!

Er zuckte die Achseln und stützte sich mit den Ellbogen aufs Fensterbrett.

Die Häuser des Quai de Valmy hoben sich vor einem Gewitterhimmel ab. Es herrschte drückende Schwüle. Eine Gruppe von Gaffern sah dem Patron der *Chope des Singes* dabei zu, wie er in einem Kastanienbaum sitzend ein Spruchband und eine Lampionkette quer über die Straße spannte.

– Raoul, sagte Suzanne, die ihrem Mann ans Fenster gefolgt war, wenn du diesen Leuten dort vorschlagen würdest, ihnen ihr Fest zu organisieren. Lebhaft fügte sie hinzu: Du hast schon einmal Regie geführt.

Raoul taute auf.

– Ich wäre sicher nicht der schlechteste. Er dachte eine Minute lang nach. Man könnte ihnen vielleicht einen Sketch vorspielen.

– Siehst du. Und das wird ausreichen, um für den Monat mit Monsieur Lecouvreur auszukommen.

Raoul hörte ihr nicht mehr zu:

– Suzanne. Er streckte den Arm aus: »Schau, ich hänge rund um das Wärterhäuschen farbige Blumengebinde auf, ich beflagge die Schleuse, ich mache daraus ein venezianisches Fest.« Er rieb sich die Hände: »Nie wieder werden sie so einen 14. Juli haben!«

Er nahm seinen Hut:

– Ich gehe runter.

Von der Tür aus verfolgte Lecouvreur die Vorbereitungen des Tanzfestes.

– Guten Abend, Patron!

– Bringen Sie mir das Geld ?

Raoul neigte sich zu ihm:

– Ich möchte ihnen ein Geschäft vorschlagen.

Er war redegewandt und unterbreitete seinen Plan mit einer Menge Einzelheiten. Lecouvreur war verblüfft. Er meinte: »Muß dazu die Meinung von Gustave einholen.« Und sie gingen hinüber zum Patron der *Chope des Singes*.

Raoul pries seine Idee an. Um sie zur Entscheidung zu bewegen, erklärte er schließlich: »Wir spielen Ihnen auch einen Sketch vor.«

Lecouvreur machte runde Augen: »Einen was?« Aber Gustave, der eine gute Werbung für die *Chope* witterte, klopfte Raoul auf die Schulter: »Einverstanden!«

Die Farges ließen die Preisschilder links liegen. Ein aufgeblühter Raoul machte Entwürfe, diskutierte, gab Anweisungen; seine Frau brachte ihre Theaterkostüme in Ordnung. Alle Dauergäste des Hotels umringten ihn und fragten nach Einzelheiten »seines Festes«.

– Ein wenig Geduld, meinte er in gönnerhaftem Ton.

Am 14. probte Raoul nach dem Abendessen ein letztes Mal seinen Sketch: *Rosalie*. Es war die Geschichte eines sehr jungen Stubenmädchens, das einen von ihrer Herrschaft vorbereiteten Empfang sich zunutze macht, um eine Lohnerhöhung zu verlangen.

Der Sketch war amüsant. Der junge Farges übernahm in Verkleidung die Rolle der Rosalie. Raoul ging im Zimmer auf und ab, während Suzanne, die erschöpft auf einem Stuhl saß, schrie: »Aber, meine Tochter, das ist Erpressung!« Farges setzte auf den Vorstadtjargon von Rosalie, der stets eine unwiderstehliche Wirkung hatte.

Plötzlich ertönte ein Fanfarenstoß, und der junge Farges rannte zum Fenster: »Papa, der Fackelzug!«

Alle Leute aus dem Viertel waren auf der Straße. Kinder warfen Knallfrösche, andere schwenkten Lampions. Über allem Geschrei hörte man die Anordnungen Gustaves, der versuchte, die Menge in Schranken zu halten. Der Zug setzte sich in Bewegung, die *Marseillaise* grölend folgte er dem Quai de Jemmapes, bog dann ein in die Rue Bichat. Das Tschingbum verlor sich.

– Fahren wir fort, sagte Raoul. Du antwortest deiner Mutter: »Madame, ›s war nich vorgesehen, für nichts für sie zu arbeiten.«

… Die Stunde der Vorführung nahte. Die hell erleuchtete *Chope des Singes* glich einem Konzertcafé. Wimpel und Blumengirlanden schmückten den Saal, in dem eine kleine Bühne errichtet worden war. In der ersten Zuschauerreihe befanden sich Mutter Fouassin, die stolz war auf ihre kürzliche Heirat mit Latouche, Mimar, der sein Junggesellenleben begraben hat, Vater Louis, Pélican, Raymonde, das neue Zimmermädchen des *Hôtel du Nord*, Fernande und ihre Freunde. Zuspätkommende drängten sich draußen auf der Straßenterrasse.

In dem allgemeinen Durcheinander schrie Gustave: »Die Raouls«. Die Familie Farges hielt unter Beifall ihren Einzug. Raoul verbeugte sich: »Tolles Publikum«, flüsterte er seiner Frau zu. Er klatschte dreimal in die Hände, um Ruhe zu bekommen, machte es sich in einem Sessel bequem und mit wohlgesetzten Worten, seiner Wirkung sicher, sagte er:

– Yvonne, ist alles bereit für den Empfang unserer Gäste? ...

Der Sketch fand großen Anklang. Der junge, als Rosalie verkleidete Farges war eine Entdeckung. Ein Tanzabend beschloß das Fest. Sechs Musikanten kamen nach den Raouls. Man schob das Gestühl beiseite, um im Saal Platz zu schaffen.

Liebespaare fingen an, sich in Gustaves Lokal und auf dem erleuchteten Quai im Kreise zu drehen. Alte Ehegespanne stürzten sich kopfüber mitten in den Strudel, während auf der Straßenterrasse des *Hôtel du Nord* eine Gruppe von Schreihälsen den Takt angab. Nach jedem Tanz suchten einige Paare die Frische der Grünanlage auf; Walzertänzer kamen an ihren Tisch zurück und verlangten etwas zu trinken.

Plötzlich hörte man Geknatter. Gegenüber auf der Drehbrücke setzte Raoul das Feuerwerk in Gang; abwechselnd besprenkelte eine Rakete oder eine Sonne den Himmel. Nach einer Viertelstunde entzündete er das bengalische Feuer; das Leuchten einer Feuersbrunst spiegelte sich im dunklen Wasser wider, breitete sich aus, leckte an den Mauern des *Hôtel du Nord*, an den Straßenterrassen voller Gäste ...

Nach und nach wurden es weniger Paare. Nur besessene Tänzerinnen wie Raymonde und Fernande setzten ihre Drehungen fort.

Manchmal belebte ein Knallfrosch oder ein Scherz Raouls nochmals das Fest. Schließlich hörte das Orchester auf zu spielen. Das war das Ende.

Lecouvreur atmete auf. Er war hundemüde, aber zufrieden. Er hatte literweise Bier und Limonade verkauft!

Auf dem Quai herrschte Stille … Lecouvreur blieb noch allein in seinem Büro und machte die Abrechnungen: 596, also rund 600 Francs Verdienst dank der Farges.

XXVII

Jeanne stieß die Tür zu dem schrägen Abstellraum auf, wo die Lecouvreurs ihr Zimmermädchen unterbrachten, und die Maske der Aufmerksamkeit, die sie vor ihren Patrons aufsetzte, fiel. Sie warf ihre Schürze in die Ecke, gähnte und streckte sich auf dem Bett aus.

Sie hatte das schwammige runde Gesicht der Einfalt vom Land, große leere Augen unter spärlichen Brauen, weiche Lippen. Sie strotzte vor Gesundheit; ihre Arme mit den schweren Gelenken hingen aus dem Bett. Sie trug einen zu kurzen Rock und ein Mieder, das ihr ein kindisches Aussehen gab; sie trug Baumwollstrümpfe und orangefarbene Pantoffeln, die an ihren Füßen schlappten.

Unter der Kopfrolle holte sie ein Päckchen Zigaretten hervor. Fernande hatte ihr das Rauchen beigebracht. Die Nacht brach herein. Sie nahm ein paar Züge, seufzte, starrte zum Fenster, wo sich wie auf einer Kinoleinwand ihre Erinnerungen abspulten.

… Sie hatte das Elsaß verlassen, um in Paris bei einem Pfarrer eine Stellung anzunehmen. Ihre Freude am Leben fing in dem Augenblick an, als sie zu einem Französischkurs ging. Um zur Schule zu gelangen, überquerte sie stark belebte Straßen; unterwegs sagten unbekannte Leute zu ihr: »Guten Abend, schönes Kind.« Sie blieb stehen, trödelte ein wenig und kehrte erst spät zu ihrem Herrn heim, dessen Vorwürfe ihr noch in den Ohren klangen.

Zum Glück hatte sie eine andere Anstellung gefunden.

Seit zwei Monaten arbeitete sie im *Hôtel du Nord*. Ihre Patrons hatten ihr niemals Vorwürfe gemacht.

»Ich glaube, wir haben da einen seltenen Vogel bei uns«, sagte Louise. Den 14. Juli hatten sie ihr freigegeben. »Gehen Sie sich amüsieren, Jeanne!«

Vergnügungen, die zu neu, noch zu nah waren, als daß sie sie hätte vergessen können. Noch immer hörte sie Gustaves Stimme: »Musik bitte!« Sehr bald hatte sie ein junger Mann aufgefordert, und sie hatte sich der Walzerrunde angeschlossen. In Paris tanzte man nicht so wie bei ihr zu Hause; die Männer zerdrückten einen fast, sie berührten ihr Gesicht mit den Lippen und flüsterten ihr Komplimente zu: »Sie sind sehr hübsch. Man könnte verrückte Sachen mit Ihnen anstellen«, sagte leise Cisterino, ein Kolonialsoldat auf Genesungsurlaub. Er beugte sich über sie. Jeanne spürte noch den Atem ihres Verehrers wie einen Kuß ...

Sie drehte sich auf dem Bett um, atmete schwer. Sie machte Licht, griff nach einem Spiegel und schaute sich wehmütig an. Verborgene Wünsche erregten sie.

Eines Morgens kehrte Cisterino unverhofft in sein Zimmer zurück. Jeanne war gerade da.

– Guten Tag, schönes Kind! ... Man sieht Sie ja gar nicht mehr seit einiger Zeit.

Er hatte eine warme männliche Stimme, die die Frauen wie ein Streicheln überrascht. Jeanne senkte den Kopf, eine unbegreifliche Ängstlichkeit lähmte sie.

– Sie haben mich vergessen, fuhr er fort. Er wischte mit dem Finger über den Tisch. Was für ein Staub hier? Wenn ich mich bei der Chefin beklagen würde?

– Monsieur Cisterino! ...

– Ich sage das nur, um Sie zum Lachen zu bringen, meine Kleine. Ich möchte Ihnen keinen Kummer bereiten.

Sie saßen dicht beieinander. Jeanne bewunderte Cisterinos Uniform, seine stattliche Erscheinung, sein martialisches Gesicht, dessen Ausdruck weicher wurde, als sein Blick auf ihr ruhte.

– Welcher Grad? fragte sie, während sie auf eine Schulterklappe zeigte.

– Unteroffizier! Er tippte an seine Kolonialauszeichnung. Ich zeig Ihnen mal Fotos von meinen Feldzügen, was? ...

Er stieß die Schranktür auf und nahm einem Offizierskoffer heraus, den er auf seinem Bett weit öffnete. Er wühlte nervös in einem Haufen Papierkram. Angelockt beugte sich Jeanne über ihn.

Sie kam noch näher. »Sie finden es nicht?«

Plötzlich wandte er sich um und warf sie rücklings aufs Bett. Ihr Wimmern erstickte er mit Küssen.

Während Jeanne langsam das Bewußtsein wiedererlangte, rückte er seine Kleidung zurecht, ein Soldatenlied pfeifend, stützte sich dann auf die Fensterbank. Sie öffnete die Augen. Sie kam zu sich ... Sie stieß einen Schrei aus, sprang aus dem Bett und rannte davon.

Sie stürzte die Treppe hinunter, lief durch das Lokal, wo man mit dem Mittagessen auf sie wartete, und versteckte sich hinten in der Küche. Louise ging zu ihr.

– Madame ... Madame ... Cisterino!

Louise nahm sie in ihre Arme.: »Was hat er Ihnen angetan?«

– Er hat mich in seinem Zimmer eingeschlossen ... Oh, mein Gott!

Sie verbarg ihr Gesicht in den Händen.

– Emile! schrie Louise. Cisterino hat sich an Jeanne vergangen ... Werf ihn hier raus, sofort, mit all seinen Orden.

Sie beugte sich über das Zimmermädchen: »Sie hätten uns rufen müssen, um Hilfe schreien!«

Jeanne schluchzte und gab keine Antwort. Lecouvreur, der ins Zimmer des Kolonialsoldaten hinaufgelaufen war, kam zurück.

– Weinen Sie nicht mehr. Er verschwindet. Nach einem Zögern: Sollte man vielleicht … einen Arzt holen?

– Ach, du, übertreib jetzt nicht, meinte Louise. Los, Jeanne, Sie kämmen sich und kommen dann zum Essen.

Sie setzten sich zu Tisch. Zerstreut streichelte Jeanne Badour. Lecouvreur wand sich auf seinem Stuhl und unternahm vergeblich den Versuch, das Schweigen zu brechen, während Jeanne sich zwang, auf ihren Teller starrend, ein wenig zu essen.

Als die Mahlzeit beendet war, flüchtete sich Jeanne in die Küche, wo sie bis zum Abend ihren Gedanken nachhing.

– Hören Sie, Sie sollten sich schlafen legen, riet ihr Louise.

Sie trocknete sich die Augen und folgte der Chefin in den Schankraum. Junge Burschen, die durch Lecouvreur auf dem laufenden waren, starrten sie lüstern an.

– Jeanne, sagte eine Stimme.

– Der erste, der ihr Angebote macht, schrie Louise, den schmeiß ich raus!

Sie nahm sie beim Arm. Schweigend gingen sie nach oben. Jeanne stolperte bei jeder Stufe und ließ sich bis zu ihrem Zimmer mitziehen. Louise wußte nicht, was sie ihr sagen sollte. Drei Jahre Hotel hatten sie dazu gebracht, das Leben so hinzunehmen, wie es ist.

XXVIII

In einem blauen Samtanzug, der ihn sonntäglich aussehen ließ, betrat Mimar das Lokal.

Pluche rief erstaunt: »Schon zurück!«

– Scheint so, sagte Mimar. Er stellte seinen Koffer ab, schüttelte seinen Kumpanen die Hand.

– Und deine Braut? fragte eine Stimme. Hast du sie schon verloren?

– … Los, Lucie. Komm her! Man wird dich nicht verspeisen.

Madame Mimar trat näher. Eine kleine Dunkelhaarige mit lebhaften sanften Augen in einem ängstlichen Gesicht. Sie trug ein dunkles, altmodisches Schneiderkostüm.

– Du triffst es gerade recht, fuhr Mimar fort. Alle Freunde sind da: das ist Pluche, ein Marseiller; dann Vater Louis, Kenel, Pélican, das As der Kanalangler, dann Bernard, Maltaverne, die Nummer Eins unter den Schutzmännern. Und das hier sind der Patron und die Chefin … Madame Lecouvreur, ich möchte Ihnen meine Frau vorstellen.

– Sehr erfreut, sagte Louise. Sie streckte die Hand aus. »Ich hoffe, daß es Ihnen bei uns gefallen wird.«

– Oh, ja! stammelte Lucie, die diese Leute ängstigten. Sie klammerte sich an den Arm ihres Mannes und blickte um sich.

– Ich spendier eine Runde, rief Mimar. Lucie, einen kleinen Quinquina?

Man trank auf das Wohl des jungen Paares. An die Theke gelehnt, eine Zigarettenstummel im Mundwinkel, erzählte Mimar vom großen Festessen nach der Trauung.

Kichernd stellte Pluche die Frage, die allen auf den Lippen lag.

– Und die Hochzeitsnacht?

Das Gesicht der jungen Frau wurde purpurrot.

– Verfluchter Marius! schrie Mimar. Er leerte sein Glas. »Wir gehen jetzt: Komm Lucie!«

– Eine kleine anständige Frau, sagte Louise, als sie verschwunden waren. Sie runzelte die Augenbrauen. – Wo hat dieser Herumtreiber von Mimar die bloß gefunden?

– Das ist eine Cousine von ihm, erklärte Vater Louis. Scheint, daß sie Geld hat. …

… Kaum hatte Mimar die Tür geöffnet, stieß Lucie einen Schrei der Verblüffung aus: »Wie klein das ist!«

– Du bist hier nicht auf dem Land, meinte er verdrossen.

Er setzte sich und zündete sich eine Zigarette an. Lucie wandte sich im Zimmer um, beugte sich aus dem Fenster.

– Sieh an, sagte sie amüsiert, Pferde ... Gehören die deinem Freund, dem Fuhrunternehmer? Ja? Du kennst hier wohl alle?

– Verdammt! Ich wohne seit sieben Jahren in dem Hotel! Du wirst hier nicht so lange bleiben. Man spricht von einem Zwangsverkauf des Hauses.

Lucie öffnete die Koffer und fing an, sich einzurichten, während sie weiter plauderte.

– Haben wir gute Nachbarn? Sind hier viele Frauen im Hotel?

– Du fragst mich zuviel ... Spar lieber deine Kräfte, Lucie.

Sie stellte sich auf die Zehenspitzen, um die Wäsche ganz oben im Kleiderschrank unterzubringen. »Ich bin zu klein.« Sie lachte laut.

– Ich helfe dir.

Er ging zu ihr, hob sie plötzlich mit den Armen an und warf sie aufs Bett.

Sie stammelte: »Nein, nicht jetzt, Pierre ...«

Die Matratze knarrte, und für eine Sekunde erinnerte sich Mimar all der Frauen, die hier geschlafen hatten. »Ich habe nun jemanden, der mich bedient«, dachte er ...

Am nächsten Tag ging er wieder zur Arbeit. Von da an glich ein Tag dem anderen. Wenn Mimar auf Nachtschicht war, hatte Lucie Angst. Sie dachte über Pierres Vergangenheit nach, von der sie nichts wußte. Sie hörte Lachen, Türenschlagen; dieses unanständige Treiben war ihr peinlich.

Wenn Mimar auf Tagschicht war, blieb sie bis zum Abend allein. Am Morgen stand sie als erste auf und machte den »Eßkorb« für ihren Mann fertig. Gegen zehn Uhr ging sie dann zum Markt. Das Gedränge in den Straßen, die Autos fielen ihr auf die Nerven. Am liebsten blieb sie in ihrem Zimmer oder plauderte mit der Chefin.

Louise hielt sie über die Gepflogenheiten des Hotels auf dem laufenden, wies sie auf ehrliche Ladenbesitzer hin, auf Warenhäuser, wo man Rabatt bekam. Sie bewegte sie freundlich dazu, auszugehen. »Sie dürfen nicht nur am Fenster sitzen, wenn Sie die

Hauptstadt kennenlernen wollen. Gehen sie mit Badour zu den Buttes-Chaumont.«

Aber Lucie kreuzte die Arme vor der Brust und rührte sich nicht von ihrem Stuhl.

– Wenn man nach Paris kommt, dann ist die erste Zeit ermüdend. Danach geht es. Sehen Sie mich an, ich sitze nie still!

– Oh, Sie sind doch eine richtige Pariserin ...

Ein Gast kam herein. Lucie ging wieder in ihr Zimmer. Der Tag war schnell vorüber; wenn Mimar heimkehrte, brauchte er sich nur an den Tisch vor die dampfende Suppe zu setzen, und Lucie freute sich über seinen Appetit.

Jeden Samstag ging Mimar zum Kartenspielen hinunter. Neben ihm auf der Sitzbank sah Lucie dabei zu, ohne etwas zu verstehen. Sie nahm einen Schluck aus dem Glas ihres Mannes und lächelte maliziös.

Sonntags schlief Mimar bis in die Puppen. An diesem Tag herrschte im Hotel eine besondere Atmosphäre. Bis neun Uhr war es still auf den Fluren. Lucie ging mit ihren Zimmernachbarinnen zum Markt. Wenn sie zurückkehrte, traf sie Mimar beim Rasieren an. Sie überraschte ihn mit einem guten Frühstück.

Mimar ging hinunter in den Schankraum, um seinen Schwarzen zu trinken, und vor drei Uhr sah sie ihn nicht wieder. Er hatte einer Runde Karten zugestimmt, nur einer einzigen! Lucie setzte sich ans Fenster, blickte den Paaren nach, die am Kanal entlang schlenderten. Kam Mimar dann endlich wieder hinauf, schlug sie vor, »Pierre, wir sollten auch mal einen Spaziergang machen.«

Sie gingen niemals sehr weit. Sie bummelten den Quai de Jemmapes hinunter. Die untergehende Sonne vergoldete die Sandhaufen, die Zementsäcke, die Kiesberge. Sie gelangten zur Place Jean-Jaurès, lehnten sich über eine Brüstung und betrachteten das Wasser. Lucie hatte ihre Fröhlichkeit wiedergefunden. »Pierre, erinnerst du dich, die Meuse bei uns zuhause ist viel klarer ...«

Er schob die Hände in die Taschen. »Komm.« Trafen sie unterwegs einen Kumpan, endete der Spaziergang im Bistrot.

Kehrten sie an so einem Abend heim, erklärte Lucie:

– Wir sollten mal einen Tag auf dem Land verbringen.

– Meinst du, rief Pierre verwundert, wir kommen so schon kaum mit dem Geld zurecht.

Lucie schwieg. Aber eines Tages blieb sie hartnäckig:

– Pierre, hör zu ... ich bitte dich ... es würde mir gut tun. Plötzlich fügte sie hinzu: »Ich habe solche Sehnsucht.«

– Eine verrückte Idee, meinte er schroff. Was hast du denn?

Er sah sie an. Sie hatte Ringe unter den Augen und blasse Lippen; seit Winteranfang hustete sie. »Die Luftveränderung«, sagte er sich. Er nahm sie in die Arme. »Gut, meine Kleine, abgemacht: im Frühling werden wir spazierenfahren.«

Lucie fand eine leere Wohnung, »Zimmer und Küche«, in der Rue des Ecluses-Saint-Martin. Von ihren Ersparnissen kaufte sie Möbel, ein Ehebett, einen Kleiderschrank, Stühle; sie schnitt Stoffe zurecht, fältelte Vorhänge, rackerte sich bis zu dem Abend ab, an dem die Freunde vorbeikamen, um den Einzug zu feiern.

Das Zimmer ging auf hohe triste Mauern hinaus; Tag und Nacht hing ein unangenehmer Geruch nach Abwaschwasser in dem kleinen Innenhof. Von ihrem Fenster blickte Lucie auf Schornsteine, auf ein Stück rußfarbenen Himmel; sie war zwar glücklich in den eigenen vier Wänden, dachte aber oft an die schöne Aussicht, die man vom *Hôtel du Nord* aus hatte. Die gute Laune von Louise fehlte ihr. Sie hatten sich eingerichtet, und jetzt kamen ihr die Tage sinnlos und leer vor.

Mimar hatte sich rasch an die veränderte Umgebung gewöhnt; zudem lud er von Zeit zu Zeit seine ehemaligen Freunde aus dem Hotel wie Vater Louis oder Pélican zum Essen zu sich nach Hause ein.

Eines Abends kam er bei den Lecouvreurs hineingestürzt.

– Meine Frau ist soeben ins Saint-Louis Hospital eingeliefert worden, verkündete er.

– Ins Hospital! sagte Louise erschrocken. Was hat sie denn?

– Man weiß nicht … Sie hustet.

– Das bedeutet nichts, versicherte Pluche … Würfelst du eine Runde mit?

Am Donnerstag ging Louise ins Krankenhaus. Sie erinnerte sich an Ladevèze, der Mann mit dem Regenschirm! Sie fand das Bett von Madame Mimar in einem großen Saal zusammen mit anderen Kranken, die ebenfalls husteten.

– Das ist sehr freundlich! rief Lucie. Ich habe mich so gelangweilt.

Sie kam ganz außer Atem beim Sprechen: »Der Doktor meint, es sei weiter nichts, verstehen Sie …«

Louise bemühte sich, ihre Bestürzung zu verbergen. »Besser, Sie verbringen den Winter damit, sich verwöhnen zu lassen. Im Frühling sind Sie wieder gesund …«

Lucie breitete ihre Arme auf der Decke aus und blieb nachdenklich.

Louise kam häufig wieder. Stets brachte sie eine Leckerei mit; manchmal begleiteten sie auch Hotelgäste. Man plauderte einen Augenblick lang. Louise sprach über die Dummheiten von Pluche, über die Liebschaften ihres Zimmermädchens. Lucie hörte zu; diese Erzählungen erinnerten sie an die ersten Monate ihrer Ehe. Plötzlich schüttelte sie ihr Husten, und sie spuckte in ein kleines Gefäß. Sie entschuldigte sich. »Das schafft Erleichterung«, erwiderte Louise, die aufgestanden war, um die Decken zurechtzuziehen.

Als sie wieder im Hotel war, vertraute sie sich ihrem Mann an:

»Wenn du sie sehen würdest, wie abgemagert sie ist, Emile. Ist nicht mehr viel von ihr da … Sie wird den Winter nicht überstehen.«

Am Ende des vierten Monats wollte Lucie das Krankenhaus verlassen und zurück in die Rue des Ecluses-Saint-Martin. »Die Veränderung wird mich gesund machen«, sagte sie.

Louise besuchte sie jeden Tag. Sie brachte Ordnung in das Zimmer, räumte den mit Medikamenten vollgestopften Nachttisch auf.

Vom Bett aus sah Lucie ihr dabei zu; ein dankbares Lächeln leuchtete auf ihrem fiebrigen Gesicht. Sie bat darum, das Fenster weit zu öffnen. Der Frühling begann, ein Sonnenstrahl fiel in den kleinen Hof, und um ihn sehen zu können, richtete sich Lucie von ihrem Kopfkissen auf. Gegen sieben Uhr kehrte Mimar heim. Louise überließ ihm ihren Platz.

»Gute Nacht. Seien Sie brav!» rief sie von der Tür aus.

Lucie starb an einem Freitagmorgen. Louise selbst hüllte sie in ein Leichentuch. Die Mieter des *Hôtel du Nord* hatten einen Kranz gespendet, und da die Beerdigung am Sonntag stattfand, folgten die meisten dem Trauerzug auf dem Friedhof von Pantin.

Eine Woche später »verscheuerte« Mimar seine Möbel und zog wieder ins *Hôtel du Nord*.

XXIX

Jeden Morgen, wenn sie den Gehsteig vor dem Hotel fegte, lauerte Louise auf den Briefträger.

»Gibt es Post?« rief sie, sobald sie ihn von weitem erblickte.

Der Briefträger betrat den Schankraum, wo ihn ein Kaffee erwartete. Ein Auge auf das Glas gerichtet, das andere in seine Umhängetasche, verteilte er die Post. »Monsieur Kenel, Monsieur Bernard, Bénitaud, Hez … Herzkovitz (Sie haben hier vielleicht komische Namen), Henry.«

– Henry ist ausgezogen.

– Gut.

Nachdem er den Umschlag wieder in seine Tasche gesteckt hatte, ging er.

Louise breitete die Briefe auf einem Tisch aus und ordnete sie nach Stockwerken. Bénitaud, ein neuer Gast, war derjenige, der die meiste Post erhielt. Man schrieb ihm von überall her, aus dem entlegensten Winkel Frankreichs oder aus dem Ausland. »Sie können sich nicht über Mangel an Neuigkeiten beschweren«, sagte sie zu ihm.

Er antwortete mit einem Grunzen, sammelte seine Briefe, seine Drucksachen ein und ging hinauf in sein Zimmer.

»Was für ein Brummbär!« dachte Louise. Ihre Neugier ärgerte Bénitaud. Eine eigenartige Person, ohne einen eindeutigen Beruf. Er trug eine Lavallière Krawatte, einen dunklen Samtanzug, Stiefel wie ein Jäger, einen breitkrempigen Hut, der sein Gesicht verbarg. Jede Woche war er für ein, zwei Tage abwesend, kehrte dann sorgenvoll zurück, ohne ein Wort über seine Abwesenheit zu verlieren. Er machte nie etwas wie die anderen!

Eines Morgens sah Louise unter der Post Bénitauds einen Brief, dessen Umschlag zu dreiviertel offen war. Sie drehte ihn zwischen den Fingern, versuchte, ihn gegen das Licht gehalten zu lesen. Nach kurzem Zögern verzog sie sich in die Küche, holte den Brief hervor und las: »Treffen bei mir, Samstagabend – Carlo.«

»Man muß doch wissen, mit wem man es zu tun hat«, murmelte sie wie zur Entschuldigung. Sie klebte den Umschlag recht und schlecht wieder zu. Carlo, war das dieser ausländische lange Lulatsch, ein Italiener, der ständig wünschte, zu Bénitaud hinaufgehen zu dürfen.

Bevor sie ihre Befürchtungen ihrem Mann anvertraute, entschloß sich Louise, das Zimmer ihres Mieters zu betreten. Er behielt stets seinen Schlüssel bei sich, was kein gutes Zeichen war, aber sie hatte einen Passe-partout.

Das Herz schlug ihr bis zum Hals, als sie bei Bénitaud eintrat. Am Quai de Jemmapes sprach man über nichts anderes mehr als über den in Stücke geschnittenen Mann, einen Unbekannten, dessen Gliedmaßen man aus dem Kanal gefischt hatte.

Es überraschte sie die Ordnung, die überall herrschte: das Bett war gemacht, die Stühle standen an ihrem Platz; der Tisch war beladen mit Büchern, Fotos waren an die Wand gepinnt. Sie las Namen: Lenin, Jaurès. Sie beugte sich über den Tisch, schlug zufällig ein Buch auf: *Das Kapital.* Sie verzog das Gesicht und blätterte in den Schriften: sozialistische Broschüren, Ausgaben der *Humanité*, der *Avant-Garde*.

»Ich verstehe, er ist ein Rädelsführer!« Sie zuckte mit den Achseln. »Ich hätte es wissen müssen.«

Sie konnte sich nun die Reisen Bénitauds erklären, seine Besuche, die zahlreichen Briefe, die er bekam. Ein Typ, der in Politik machte! Nach allem war das seine Angelegenheit. Sie hatte ihre Nase nicht in derartige Geschichten zu stecken!

Ein paar Tage später wurde Bénitaud krank; hohes Fieber fesselte ihn ans Bett. Louise versorgte ihn und räumte sein Zimmer auf.

– Hände weg von diesen Schriften, schrie er sie eines Morgens an.

Sie beachtete die fettigen Broschüren oder Zeitungsausschnitte kaum. Er richtete sich in seinem Bett auf. »Sie werden sehen, daß das bald erscheint!«

– Wann denn?

– Am ersten Mai.

– Sie wollen doch Paris nicht in Feuer und Blut tauchen?

– Lassen Sie uns nur machen ...

Er ließ eine lange Rede vom Stapel, von der Louise nicht viel verstand. Auf jeden Fall konnte ihr Gast gut reden. Er war gescheit!

Sie konnte ihre Zunge nicht im Zaum halten, denn als der genesene Bénitaud wieder seine Post aus dem Schankraum holen kam, sahen ihn alle mit Neugier, Sympathie und Bewunderung an. Pluche, der Gewerkschafter war, fühlte sich bemüßigt, sogleich Bekanntschaft zu schließen.

– Haben Sie nicht in der Grange-aux-Belles eine Rede für die Interessen der Köchinnen gehalten?

– Nein.

– Das wundert mich ... Ich dachte, ich hätte Sie auf einer Versammlung gesehen.

– Möglich, Genosse …

Das Lokal war voller Gäste. »Leute, seid ihr am ersten Mai dabei?« fragte er.

Pluche bejahte für alle.

Er hatte gerade ein Rezept in Versen kreiert, bei dem seine Ideen eines alten Kämpfers sich mit Kochhinweisen vereinten. Er rief laut: »Ich bitte um Ruhe, Bürger!« Und er begann mit seinem Stück. »Das Lütticher Schnitzel«, das man vor dem Krieg »Wiener Schnitzel« nannte.

Armes Schnitzel, du siehst soviel Grauen,
das die Nationalisten zusammenbrauen

Bénitaud hörte nicht mehr zu. Er verdrückte sich.

Am ersten Mai stand Lecouvreur wie jeden Tag um sechs Uhr auf. Louise war schon angezogen und rannte nervös in ihrer Küche herum.

– Emile, es wird heiß hergehen, sagte sie; man sollte das Café geschlossen lassen. Falls du gestern beim Aperitif die Rede von Bénitaud gehört hast …

Ihr Mann lachte spöttisch. »Pah, es wird wie alle Jahre sein, ein gutes Geschäft! Ich habe ein Faß Bier und etwas zum Beißen bestellt.«

Er schloß das Lokal auf. »Nanu!« sagte er erstaunt. Polizisten kletterten aus einem Bus; andere hatten sich schon rund um das Schleusenwärterhäuschen aufgestellt. Weiter oben stand eine Abteilung berittene Polizei in Bereitschaft. Er schob die Hände in die Taschen und ging wieder rein. Er stieß mit Bénitaud zusammen, der mit einem Knüppel in der Hand hinaus wollte.

– Heute ist der große Tag, rief Lecouvreur ihm nach.

– Was mischst du dich da ein, schimpfte Louise. Spül deine Gläser.

Einer nach dem anderen kamen die Mieter herunter. Sie pflanzten sich vor der Tür auf und zählten ironisch die »hohen Tiere« und die einfachen Flics.

Schutzmänner auf Fahrrädern kamen gruppenweise an. Pluche grölte:

– Da kommen Bullen auf Rollen!

Louise brachte ihn zum Schweigen. Sie ging auf den Quai hinaus, wo jede Arbeit ruhte. Sie sah, wie die Arbeitslosen vorbeizogen, unordentliche, lärmende Männer, Mütze auf dem Kopf und Heckenrose im Knopfloch, Maurer, Straßenarbeiter, Taxifahrer. Die Geschäftsleute schlossen die Läden. Die Ankunft des Polizeipräfekten und seiner Offiziere beruhigte Louise.

Sie kehrte wieder ins Hotel zurück. Lecouvreur machte gute Geschäfte mit den Streikenden und auch mit der Polizeitruppe, die einige Männer zur Verproviantierung losschickte. Gegen Mittag, als sich die Versammlung auflöste, ertönte plötzlich ein gellender Pfiff, und die Polizisten entfernten sich im Laufschritt.

– Emile, schließ ganz schnell ab! schrie Louise.

Lecouvreur postierte sich auf der Türschwelle in Erwartung der kommenden Ereignisse. Es wurde die *Internationale* gesungen. Das Stimmengewirr wurde lauter. Und bald kamen die Demonstranten wie vom Wind getriebene welke Blätter die Rue de la Grange-aux-Belles herunter. Sie trafen auf die gesperrte Brücke, wandten sich nach rechts und stießen auf die Polizisten.

Lecouvreur hatte nicht die Zeit, seine Rolläden herabzulassen. Louise versteckte sich hinten in ihrer Küche. Ein großer Stein traf das Fenster, und Glassplitter fielen in den Schankraum. Außer sich vor Wut wollte Lecouvreur die Tür aufreißen, aber Pluche hielt ihn am Arm fest. »Sie wollen sich wohl die Fresse polieren lassen, verdammt ...«

Hufschlag übertönte seine Stimme. Schreie und der trockene Knall einiger Revolverschüsse. Dann Stille ... Die Hotelgäste wagten sich nach draußen, die berittene Polizei war Herr der Lage.

Louise kam aus ihrem Versteck. »Er ist sehr schön, euer erster Mai«, sagte sie mit einer vor Angst und Empörung zitternden Stimme. »Man sollte alle Rädelsführer einsperren.« Und zu den Gästen gewandt: »Euren Bénitaud als ersten!«

Aber niemand antwortete ihr. Sie holte ihren Besen und fegte vor sich hin murmelnd die Glasscherben zusammen.

... Polizeistreifen patrouillierten auf dem Quai.

Beim Aperitif auf der Straßenterrasse diskutierten Pluche und seine Freunde. Bei Einbruch der Dunkelheit tauchte ein gehetzter Bénitaud auf, mit wirrem Haar, geschwollenem Auge und verstörter Miene.

– Sind Sie zufrieden mit Ihrem Tag? rief Louise.

Man drängte sich um ihn, um Neuigkeiten zu erfahren. Er schob alle mit einer schroffen, ungeduldigen Bewegung beiseite. »Patron, meine Rechnung! Aber Tempo.«

XXX

Badours Bellen weckte Lecouvreur, der sein Mittagsschläfchen hielt. Er rieb sich die Augen und sah eine Frau den Schankraum betreten.

– Was ist?

– Haben Sie nicht ein Zimmer frei?

Er sah sie an: ein hübsches Mädchen, schick gekleidet.

– Ich habe noch eins, aber es ist so ... es ist reserviert.

– Oh, wie ärgerlich!

Sie warf dem zögerlichen Lecouvreur einen betörenden Blick zu.

– Läßt sich da nichts arrangieren, Patron?

– Ja, entschied er plötzlich.

Er nahm einen Schlüssel, und sie gingen zu Nummer 4 hinauf. Das Zimmer war hell, bequem eingerichtet.

– Gefällt es Ihnen, Mademoiselle?

– Sehr.

Und vertraulich:

– Nennen Sie mich nicht Mademoiselle, das paßt nicht mehr zu mir. Sagen Sie Denise zu mir, mein Künstlername.

Sie setzte sich aufs Bett.

– Ein schönes Federbett ... Für mich ist das sehr wichtig.

Lecouvreur hob eine Ecke der Matratze an.

– Sehen Sie, alles aus Wolle.

Er suchte nach einem Weg, dieses Beisammensein zu verlängern. Allerdings, als Denise ihren Mantel auszog, sagte er:

– Also, ich lasse Sie dann allein.

Er arbeitete ein wenig, war aber mit den Gedanken woanders. Er dachte: »Was wird Louise mir wohl sagen.« Sobald sie zurück war, informierte er sie.

– Wie, du hast die Vier vermietet! rief sie. Ich hatte es reserviert.

– Ich konnte mich nicht mehr daran erinnern.

Munter fügte er hinzu:

– Ich habe jemanden Anständiges gefunden, eine Schauspielerin.

– Schon wieder! Hast du nicht genug Geld mit den Farges verloren!

– Pst! Still ...

Denise stieß die Tür auf. Ein paar Gäste befanden sich im Schankraum. »Guten Abend allerseits«, sagte sie vor sich hin.

»Was ist das denn?« murmelte Louise gereizt.

Denise trug ein grellfarbenes Kleid mit einer Perlenkette; ihre fleischfarbenen Seidenstrümpfe, ihre goldbraunen Schuhe zogen die Blicke an. Sie betrachtete sich in ihrem Taschenspiegel, verzog dabei das Gesicht, betupfte ihre blonden Haare – gefärbte Haare, sagte sich Louise – puderte sich, und nach einem letzten zufriedenen Blick: »Patron, was empfehlen Sie mir als Erfrischung?«

Geschmeichelt blickte Lecouvreur auf seine Aperitifflaschen und schlug vor:

– Einen Menthe? Einen Byrrh? Er zerbrach sich den Kopf. Einen Enzian mit Wasser?

– Wenn Sie wollen.

Denise fächelte sich mit ihrem Taschentuch Luft zu und gab lange Seufzer von sich. Die jungen Leute beäugten sie von der Seite.

– Es ist schwül, erklärte Bernard.

– Stimmt, antwortete sie.

– Man hätte es besser nackt ...

Sie lachte, kam näher und fing an zu plaudern. Sie war Tänzerin; sie arbeitete in der Provinz. Bernard bot ihr einen Aperitif an; sie nahm ohne Umstände an.

– Emile, ist das deine Schauspielerin? höhnte Louise, nachdem Denise gegangen war. Weißt du, was ich meine ... Nun, das ist eine Bordsteinschwalbe!

– Du siehst überall gleich Huren, protestierte Lecouvreur. Er zuckte mit den Achseln, überlegte einen Moment. »Und außerdem sorgen solche Frauen für gute Umsätze ...«

Am nächsten Tag gegen elf Uhr kam Denise herunter in das Lokal. Sie trug einen gestreiften Kimono, der von einer Seidenkordel zusammengehalten wurde, ihre bloßen Füße steckten in absatzlosen Babuschen, die über die Fliesen schlappten.

– Haben Sie schön geträumt? fragte sie Lecouvreur.

– Ich träume nie ... Könnten Sie mir ein Frühstück servieren, Patron?

– Ach, um diese Zeit habe ich nichts mehr ... Warten Sie.

Er nahm Geld aus der Kasse und lief hinaus.

Fünf Minuten später saß Denise vor einer Tasse heißer Schokolade. Lecouvreur setzte sich neben sie. Sie war überrascht von seinem Blick, den er auf ihren Busen warf, und tat so, als wolle sie ihren Morgenrock fester schließen.

– Gefällt es Ihnen hier? fragte er sie leise.

Sie zwinkerte mit einem Auge, während sie an ihrer Brioche knabberte.

– Bisher kann ich mich nicht beklagen, bei Ihnen abgestiegen zu sein.

Denise war den ganzen Nachmittag über weg, kehrte aber zum

Aperitif wieder zurück. Ihre Freunde vom Vorabend luden sie an ihren Tisch ein. »Es bringt einen um, durch die Kaufhäuser zu laufen«, meinte sie. Sie streckte die Beine auf der Sitzbank aus und wedelte mit ihrem Kleid, als wolle sie sich Luft zufächeln.

»Was für Manieren!« raunzte Louise. Alles irritierte sie an der neuen Mieterin. Sie trat neben ihren Mann. »Du weißt, wenn deine Tänzerin unser Haus als Bordell benutzt, werf ich sie sofort raus.«

Lecouvreur sah seine Frau schief an.

»Laß sie in Ruhe. Sie tut nichts Unrechtes.«

Nach einer Woche hatte Denise das Hotel vollkommen durcheinander gebracht. Man würfelte nicht mehr, man spielte nicht mehr Karten, man redete nicht mehr über Politik. Man umringte Denise, man versuchte, ihr zu gefallen, man stritt sich um die Ehre, ihr einen Aperitif spendieren zu dürfen. Wenn sie nicht da war, befragte man schnell die Chefin.

»Ihr habt alle Feuer im Hintern«, antwortete Louise. Sie wußte, woran sie mit ihrer Mieterin war; sie hatte ihrem Zimmer einen »Besuch« abgestattet, und als sie hörte, wie man ihr Talent als Tänzerin lobte, lachte sie höhnisch. Sogar ihr Mann schluckte allen Unsinn dieser Straßendirne und unterstützte sie bei jeder Gelegenheit!

Eines Abends kam Denise mit einem jungen Mann an, der an bestimmte Rollkutscher Latouches erinnerte. Er hatte ihre Ungezwungenheit, den Schnauzbart nach amerikanischer Art, den kühnen Blick; wie sie trug er eine Mütze auf dem Kopf, aber die Krawatte, die genauestens zur Farbe des Anzugs abgestimmten Seidensocken, brachten sein Äußeres mehr zur Geltung.

Denise hing an seinem Arm. Sie stellte ihn vor: »Mein Freund.« Es herrschte eine eisige Atmosphäre, aber der Neuling spendierte eine Runde, was ihm Sympathien eintrug.

Der Auftritt des Grünschnabels ließ manche Hoffnung welken. Mürrisch bediente Lecouvreur.

– Mein Freund wird bei mir schlafen, verkündete sie.

– Nein! sagte er, ohne aufzublicken.

Sie sah ihn verblüfft an und brach in Lachen aus.

– Was soll das? Wollen Sie mich herumkommandieren, Patron?

– Keineswegs. Die 4 ist ein Einzelzimmer. Und diesmal die Unterstützung seiner Frau suchend: »Stimmt doch, Louise?«

– Gut, das reicht, sagte Denise beleidigt. Sie trank ihr Glas aus. »Gaston hat mir ohnehin ein interessantes Engagement in der Provinz besorgt. Am Freitag ziehe ich aus Ihrer Bruchbude aus ...«

XXXI

Geschäftig lief Jeanne in Denises Zimmer hin und her. Ihre »große Freundin« verließ das Hotel noch heute abend! Dieser Auszug stimmte sie traurig; das Leben im *Hôtel du Nord* würde wieder monoton werden. Sorgfältig packte sie Denises Sachen zusammen, faltete ihre Kleider, ihre Wäsche, die sie verliebt streichelte. Schon bald waren die Koffer fertig. Sie sah sich noch einmal genau um.

– Ach, rief sie laut, und diese Kleider, die ich vergessen habe ...

Denise schüttelte den Kopf.

– Laß ruhig. Sie gefallen mir nicht mehr.

Sie zog ein paarmal an ihrer Zigarette.

– Ich schenke sie dir. Und als Jeanne sie erstaunt anblickte:

– Hast du nicht verstanden?

Jeanne stammelte einige Dankesworte. Diese Kleider! Für sie!

– Du kannst dich damit für deine Galane schön machen, setzte Denise fort. Du hast doch einen Schatz hier im Hotel, oder? ... Nenn mir seinen Namen.

– Chartron.

– Der Boxer! He, du liebst die kräftigen Kerle, meine Kleine ... Schlaft ihr miteinander?

– Nein, antwortete Jeanne verlegen.

– Ach ja, und warum nicht?

– Ich weiß nicht.

Jeanne nahm die Kleider mit, schloß sich in ihr Zimmer ein, zog sich rasch aus und probierte eins nach dem anderen; drei davon hatten schreiend grelle Farben und viel zuviel Flitterkram. Sie drehte sich vorm Spiegel hin und her, nahm dieselben Posen ein wie ihre große Freundin, machte ihre Gesten, ihren Augenaufschlag nach. Nie zuvor hatte sie sich so hübsch gefunden! Nur widerwillig zog sie wieder ihre Alltagskleidung an.

Denises Worte klangen ihr noch in den Ohren. Mit Chartron schlafen ... Sie schloß die Augen. Ein anderer Mann als Cisterino! Aber so dreist der Kolonialsoldat sich benommen hatte, so gleichgültig verhielt sich Chartron zu ihr. »Er liebt mich nicht«, dachte sie. Seine Kälte ließ sie verzweifeln. Sie träumte von ihm. »Sie sind schön, Jeanne ...« Er umarmte sie, bedeckte ihren Körper mit Küssen; verstört, unbefriedigt wachte sie dann auf ...

Plötzlich öffnete sich ihre Tür.

– Ich möchte dir auf Wiedersehen sagen, rief Denise. Sie beugte sich über Jeanne: Was, du weinst? Wisch die Tränen ab ... Stell dir vor, ich habe Chartron getroffen, wir haben zusammen einen Aperitif getrunken und ...

Unruhig sah Denise sie an.

– Er erwartet dich auf seinem Zimmer um acht Uhr. Was sagst du dazu?

Jeanne schlang die Arme um den Hals ihrer Freundin, ihr Gesicht glühte, ihre Lippen zitterten vor Wonne. Schadenfreude huschte über Denises Gesicht.

– Laß mich, meine Kleine. Gaston wartet auf mich!

Jeanne fiel aufs Bett, rang nach Luft. Die Ratschläge ihrer Chefin und die von Denise bekämpften sich in ihrem Kopf. Aber sie dachte an Raymonde, an Fernande, an so viele Frauen im Hotel, die sich amüsierten. Sie war es leid, als Landpomeranze behandelt zu werden. Ihr Verlangen erwachte wieder. Und Chartron war nicht so ein brutaler Mensch wie Cisterino ...

Es mußte schon spät sein. Sie zog ihre Arbeitskleidung aus. Sie betrachtete ihre neuen Kleider, zögerte, wählte dann das grüne, dessen glitzernde Perlen ihr so gefielen. Sie puderte sich, legte kräftiges Rouge auf die Lippen, wie sie es bei Denise gesehen hatte. Mit einer Mischung aus Verblüffung und Stolz schaute sie sich im Spiegel an. Sie schloß die Augen und sagte leise: »Er muß mich lieben.«

Auf dem Flur wich all ihre Sicherheit. Vorsichtig klopfte sie bei Chartron an.

– Sind Sie es, Jeanne?

Ihr schwanden die Sinne. Er öffnete die Tür.

– Ich dachte, Denise hätte mir einen Bären aufgebunden.

Er blickte sie gierig an:

– Sie haben sich mächtig in Schale geworfen.

Dieses Kompliment flößte ihr wieder Vertrauen ein. Sie setzte sich. Chartron hatte Fotos an die Wand gepinnt. Sie kannte sie, tat aber so, als sei sie überrascht.

– Sind Sie das? fragte sie.

Er zeigte ihr eins nach dem anderen mit einer Stimme, die jedes Wort heraushämmerte: »Das ist nach meinem Sieg über Petit-Biquet ... K.o. in der vierten Runde.« Er stand hinter ihrem Stuhl.

– Auf dem da war ich noch Federgewicht. Ich habe es doppelt ... möchten Sie es haben?

Sie gab keine Antwort. Sie hielt den Atem an, schloß die Augen. Chartron beugte sich herab; ihre Lippen berührten sich.

Unglücklicherweise dauerte ihre Liebe nur kurz. Verpflichtungen riefen Chartron in die Provinz. Bevor er Jeanne verließ, stellte er ihr seinen Freund Couleau vor, ein junger Elektriker, der im Hotel wohnte. Couleau baute Radioapparate; mit Lecouvreurs Erlaubnis hatte er einen »Kasten« in seinem Zimmer aufgestellt, und wenn er das Fenster offen ließ, konnten die Hotelgäste jeden Abend ein Konzert hören. Als Chartron abgereist war, verbrachte Jeanne ihre Abende bei Couleau.

Jeder Beruf hat seinen eigenen Jargon. In der Sprache des Boxers tauchten immer wieder die Worte »Schwinger« und »Uppercut« auf. Couleau nun sprach über Elektrizität; er machte das Näseln des Lautsprechers nach und begleitete wie ein Clown seine Erläuterungen mit komischen Gesten und Augenrollen.

Früher war Jeanne bei Herrschaften angestellt, die ein Grammophon besaßen.

– Das Radio, ist das nicht dasselbe? fragte sie.

– Das ist nicht vergleichbar, unterbrach Couleau. Wenn Sie Musik lieben, müssen Sie einen Radioapparat haben.

Jeanne hing an Couleaus Lippen. Sie gab ihm 150 Francs, all ihre Ersparnisse, und er versprach nur für sie allein einen »Schmuckkasten« zu bauen. Eines Abends fielen sie sich in die Arme.

Sehr bald war das Radio nur ein Vorwand für ein Rendezvous. Traf Couleau Jeanne nach ihrem Arbeitstag im Flur, dann flüsterte er: »Komm zu mir, wir arbeiten an deinem Apparat.« Sie folgte ihm. Couleau hatte sein Werkzeug auf dem Tisch, Hartgummi, Spulen, »Widerstände«, wie er sagte, all das lag dort zum Schein ausgebreitet. Nach fünf Minuten wandte er sich von seinen Drähten ab, stellte seinen »Kasten« an, damit die Hotelgäste ihr Konzert hatten, und warf Jeanne aufs Bett.

Auf diese Weise kam die Arbeit nicht voran. »Und mein Apparat?« fragte Jeanne hin und wieder. Ein wenig verärgert dachte sie daran, was sie sich alles für 150 Francs hätte kaufen können. Aber wenn es Abend wurde, dann hatte Couleau die Nase voll von der Elektrizität! Er bezahlte ihr eine Kammgarnitur, ein Fläschchen Eau de Cologne, und er war so amüsant, so zärtlich, daß sie ihm seine Faulheit verzieh. Zudem würden sie bald heiraten ...

Dieses Geheimnis lastete auf ihr. Sie vertraute es mit unverhohlener Freude ihrer Chefin an.

– Das versprechen alle Männer, meine Kleine, sagte Louise.

– Ja ... Aber meiner meint es ernst, antwortete Jeanne beleidigt.

Sie fand die Chefin zu skeptisch, vielleicht sogar eifersüchtig. Sie plusterte sich auf. Die Hotelgäste schwänzelten um sie herum und machten ihr Komplimente über ihre Schönheit. Die Frechsten umarmten sie sogar …

Als sie eines Morgens Couleaus Zimmer aufräumte, entdeckte sie in einer Jackentasche den Brief einer Frau. Vergangene Woche war ihr Liebhaber an mehreren Abenden in Folge fortgegangen, um »einen Apparat in Ordnung zu bringen.«

Sie zerknüllte das Papier und weinte. Alle hatten sie belogen, Chartron, Couleau, die Kartenlegerin, die ihr Glück geweissagt hatte …

XXXII

– Ist Adrien zuhause? fragt ein junger eleganter Mann Lecouvreur.

– Adrien?

– Das ist der neue Mieter von Nummer 5, sagt Louise zu ihrem Mann … »Gehen Sie in die erste Etage hinauf, Monsieur. An der Tür ist eine Visitenkarte.«

Sie senkt den Kopf und nimmt wieder eine Masche des Pullovers auf, den sie für ihren Ehemann strickt. Lecouvreur ist schläfrig, ein paar Gäste spielen Karten. Für einen Samstagabend ist das Lokal ziemlich ruhig. »Das Geschäft geht nicht mehr so wie früher«, seufzt Louise. Ein Gerücht, das hartnäckig durchs Viertel geht, macht ihr Sorgen: ein Unternehmen soll die Absicht haben, den Häuserblock, wo sie wohnen, abzureißen.

Plötzlich hört man Schritte auf der Treppe; die Tür öffnet sich. Monsieur Adrien kommt in Begleitung seines Besuchers herein, und beide stellen sich an die Theke.

Adrien klatscht in die Hände: »Patron!« und sieht seinen Freund an.

– Was trinken Sie?

– Einen Curaçao.

– Ich nehme auch einen Likör. Einen Anisette, Patron!

Während Louise weiterstrickt, beobachtet sie ihren Mieter. Er trägt ein enganliegendes Jackett, eine Hose mit Bügelfalten; Hemd und Manschetten aus feinem Stoff; einen Hut, leichte Schuhe.

Adrien hat sein Glas zwischen Daumen und Zeigefinger genommen; den kleinen Finger abgespreizt schlürft er seinen Anislikör. Er mustert sich im Spiegel, schaut flüchtig zu den Manillespielern hinüber. Er hat blaßgrüne Augen, blonde Brauen. Sein Blick begegnet dem von Louise, die die Augen niederschlägt.

Er zieht ein Seidentuch hervor, mit dem er sich die Lippen abtupft. Er lächelt.

– Wir sind nicht zu spät, Jacques?

Sein Freund zieht die Armbanduhr zu Rate, schüttelt den Kopf.

– Gehen Sie ins Theater? fragt Lecouvreur.

– Wir gehen auf einen Ball, antwortet Adrien. Er rückt den Knoten seiner Krawatte zurecht, und nach einem letzten Blick in den Spiegel sagt er: »Kommst du, Jacques?«

Louise blickt ihnen bis zur Tür nach. Sie denkt an das Benehmen ihres Gastes, das nicht hierher paßt. Sie empfindet eine gewisse Verlegenheit. »Er parfümiert sich«, murmelt sie. Lecouvreur hat sich auf seinen Stuhl fallen lassen, die Gäste spielen weiterhin Karten. Nachdenklich nimmt sie wieder ihre Arbeit auf.

Am Sonntag ist Monsieur Adrien ausnahmsweise früh aufgestanden. In einem malvenfarbenen, gegürteten Pyjama frühstückt er im Schankraum. Louise ist mit ihm allein.

– Nun, haben Sie sich auf dem Ball gut amüsiert? fragt sie.

– Sehr, antwortet Adrien wortkarg.

Er knabbert an seinem Croissant. Plötzlich:

– Sagen Sie mir, Madame, diese jungen Leute, die gestern abend Karten spielten ...

– Zwei Angestellte bei der Metro, sehr nette Burschen.

– Das dachte ich mir ... Ich treffe sie oft auf dem Flur. Der größere grüßt mich.

Er steht auf, schüttelt die Krümel von seinem Pyjama.

– Ach ja, ich erwarte heute nachmittag Besuch und würde gerne mein Zimmer aufwischen.

– Aber Jeanne …

– Nein, nicht Jeanne. Sie ist zu unordentlich.

Louise übergibt ihm einen Eimer, eine Flasche Eau de Javel, einen Besen und sagt lachend:

– Machen Sie alles bereit zum Empfang Ihrer guten Freundin!

»Was für ein Verrückter!« denkt sie, als er verschwunden ist. Aber sie ist zufrieden. So reinlich müßten alle Mieter sein!

Monsieur Adrien strengt sich an. Louise sieht, wie er mehrmals Wasser aus dem Flurhahn holt; er fragt sie nach frischem Bettzeug. Mittags kommt er anständig gekleidet, frisch rasiert und parfümiert herunter. Er spendiert Gaston und Julien einen Aperitif, die beiden Mieter, die ihm nicht aus dem Sinn gingen; er schließt Bekanntschaft, und die drei Männer gehen zusammen ins Restaurant.

Gegen 2 Uhr kehrt Adrien in sein Zimmer zurück. Etwas später bittet ein junger Mann mit Blumenstrauß um Erlaubnis, in die 5 hinaufgehen zu dürfen.

»Er hat wohl Geburtstag«, sagt sich Louise.

Monsieur Adrien arbeitet in einem Süßwarengeschäft. Um 7 Uhr kehrt er ins Hotel zurück, nimmt seinen Schlüssel und betritt beschwingt sein Zimmer. Wie verwandelt kommt er dann wieder herunter in dem enganliegenden Jackett, das die Blicke der Chefin auf sich zieht. Er trinkt seinen Aperitif, geht dann zum Abendessen hinüber in die *Chope des Singes*.

Dienstags und freitags hat er Besuch von einem Kameraden; manchmal verpaßt dieser die letzte Metro, und Lecouvreur erlaubt ihm, bei seinem Freund zu übernachten. Louise kann mit ihrem Mieter nur zufrieden sein. Ein anständiger Mann, zurückhaltend, gut erzogen. Wie bei den alten Kerlen wie Pélican oder Vater Louis scheinen Frauen seinen Abscheu zu erregen. In seiner Nähe duldet er nicht die Gegenwart von Raymonde oder Fernande. Er beklagt sich über Jeanne, über ihre Neckereien, hat ihr das Betreten seines Zimmer untersagt, das er selbst am Sonntag gründlich sauber macht. Louise hilft ihm übrigens dabei. Sie lobt den guten Geschmack von Monsieur Adrien. »Wirklich sehr elegant, seine Wohnung.«

Sie hat ihm eine gestickte Tagesdecke geliehen, die sie früher in ihrem eigenen Zimmer hatte, zwei Kissen, rosa Vorhänge passend zu der Tapete, die Adrien gerade angebracht hatte. Auf seine Kosten hat er ein Regal aufgestellt, in dem sich Bücher, Zeitungen und Broschüren stapeln: *Frou-Frou, La Culotte Rouge, La Vie Parisienne*; über dem Nachttisch, auf dem eine Vase mit künstlichen Blumen steht, hat er sein Verdienstkreuz aus dem Krieg befestigt, sein Porträt von der Erstkommunion und das seiner Eltern sowie mit Widmung die Fotos seiner Freunde: Gaston und Julien in Metrouniform, ein Soldat und einige junge Zivilisten, beherrscht vom Foto eines Schlachtergesellen. Modische Farbstiche, eine Postkartenserie mit Aktstudien aus aller Herren Ländern vervollständigen den Wandschmuck.

Seit einiger Zeit zieht Monsieur Adrien sich zurück und scheint einer fixen Idee anzuhängen.

– Haben Sie Sorgen? fragt Louise ihn eines Morgens.

Er blickt sie mit müden Augen an.

– Nun, was ist los?

– Nichts besonderes, seufzt er. An Faßnacht gibt es im Magic-City einen Kostümball, und ich würde gerne in einer originellen Verkleidung gehen ... vielleicht als Zigeunerin. Ich brauche einen Sombrero, ein Schultertuch, ein rotes Kleid.

– Ich habe einen Volantrock, wie man ihn früher trug, schlägt Louise vor.

– Lassen Sie sehen, ruft Adrien. Und auf einen plötzlichen Gedanken gebracht:

– Meine gestickte Tischdecke könnte als Schultertuch dienen!

Sie machen sich ans Werk, die Zeit drängt. Louise kürzt den Unterrock, bringt ihn in die Färberei. Adrien findet bei einem Trödler eine kurze Jacke in der Form eines »Boleros«. Er ist besorgt um seine »Dessous«, denn er wünscht sich, von Kopf bis Fuß wie eine Frau gekleidet zu sein. Er kauft ein Miederhemd, einen Unterrock, Seidenstrümpfe. Er rasiert sich die Waden und die Arme. Unmöglich, einen annehmbaren Sombrero zu finden. Schließlich begnügt er sich mit einer braunen Perücke, die er mit zwei Papierblumen schmückt.

Ab Abend des Balls probt er ein letztes Mal vor Louise. Sie rät ihm, ein wenig die Brust auszustopfen und rote Nelken in seine Perücke zu stecken. Sie amüsiert sich über Adriens Putzsucht. »Wenn man jung ist, spielt man wohl verrückt ...«, denkt sie nachsichtig.

Adrien stellt sich vor den Spiegel, tritt einen Schritt zurück, dreht sich auf seinen hochhackigen Schuhen. Sein Gesicht ist weißgepudert, seine Augen sind mandelförmig geschminkt. Er kokettiert, schaut Louise verstohlen an, die aufschreit:

– Sie sehen aus wie Carmen!

Ganz außer Atem kommen Gaston und Julien an:

– Das Taxi wartet unten.

Adrien wirft einen letzten Blick auf sein Maskenkostüm.

– Ich bin bereit, sagt er und rafft die Falten seines Kleides.

Louise sieht sie abfahren.

– Wer ist das? fragt Couleau, der hinter ihr die Treppe herunter kommt.

– Monsieur Adrien.

Couleau lacht spöttisch, murmelt etwas. Louise erläutert:

– Er geht zum Ball im Magic-City.

XXXIII

Mutter Chardonnereau sucht Arbeit.

– Wollen Sie bei mir als Haushilfe arbeiten ? schlägt Louise vor.

Sie hat wieder einmal kein Zimmermädchen; die schwangere Jeanne hat gerade das Hotel verlassen. Und Louise will keine jungen Mädchen mehr, die treiben sich zuviel herum.

Mutter Chardonnereau ist seit langem scharf auf diese Stelle.

– Tja, ich weiß nicht so recht, die Arbeit ist anstrengend bei Ihnen, antwortet sie schleppend. Muß ich noch mal mit meinem Alten besprechen.

– Wann geben Sie mir Bescheid?

– Also ... nach dem Mittagessen.

Gegen zwei Uhr kommt das Ehepaar Chardonnereau ins Lokal.

– Nun? fragt Louise.

Mutter Chardonnereau stößt ihren Mann mit dem Ellbogen an.

– Sag etwas, Polyte.

– Meine Angetraute, sagt Hippolyte, findet, der Lohn ist zu niedrig! ... Hören Sie einen Augenblick zu, Chefin. Wir sind zu viert. Von einem Tag zum anderen in einer großen Familie ...

Den Blick gesenkt, die Arme überm Bauch gekreuzt, wiegt Mutter Chardonnereau bedächtig den Kopf hin und her. Das Gespräch dauert ewig.

– Wir geben Ihnen 50 Francs mehr und das Essen, unterbricht Lecouvreur. Einverstanden? ...Topp, trinken wir darauf einen Kaffee!

Mutter Chardonnereau kommt um sieben Uhr zum »Arbeiten« herunter. Sie setzt sich vor ein Glas Roten, ißt etwas und hört dabei dem Gerede von Latouches Rollkutschern zu. Der Geruch nach Stallmist, den sie verbreiten, erinnert sie ans Land.

– Was ist, schlafen Sie? schreit Louise sie an.

Sie rafft ihre Gerätschaften zusammen und verschwindet. Der

Lärm ihrer Pantinen dröhnt auf der Treppe und reißt die Faulenzer aus dem Schlaf. »Das ist wieder Mutter Trampeltier!« Sie klappert mit ihrem Schlüsselbund, öffnet die Zimmer und erledigt flüchtig ihre Arbeit. Sie fegt, schüttelt den Bummelanten »die Flöhe« entgegen; mit ihren wie eine offene Schere weit ausgestreckten Armen wendet sie die Matratzen; mit gewaltigen Wasserspülungen säubert sie die Toiletten. Dann hält sie inne.

– Kann nicht sein, daß ich mich kaputtmache, grummelt sie und setzt sich auf jeden Stuhl, der ihr begegnet.

Sobald die Hotelbewohner fort sind, fühlt sie sich wie zu Hause; sie kann in Ruhe herumschnüffeln. Sie stellt ihr Arbeitsgerät ab. Auf die Geräusche im Treppengang lauschend, verweilt sie in den Zimmern der jungen Leute, liest die Briefe, öffnet die Schränke, die Nachttische und macht dort Entdeckungen: Schnapsflaschen, Spielkarten, fettige Kämme, Souvenirs aller Art, die nach Tabak, Arzneimitteln und zerdrückten Wanzen riechen. Danach geht sie hinüber zu den Frauen, zur schönen Raymonde, zu Fernande. »Was für Nutten«, murmelt sie beim Betrachten ihrer Kleider. In den klebrigen Schubläden: Lippenstifte, Parfümfläschchen, ausgekämmte Haare, Vaseline, Watte ... Sie lacht höhnisch: »Und der Rest ...« Überall dasselbe, Wäsche, die man nur mit der Feuerzange anfassen kann.

Von jedem kennt sie die Geheimnisse bis ins Kleinste. Bis auf die von Monsieur Adrien, der seinen Schlüssel bei sich behält. Aber auch von dem wird sie noch in Erfahrung bringen, was er so heimlich treibt und dann ...

Niemand kann sie leiden. Die Gäste vermissen Jeanne. Sie äffen die bäuerlichen Manieren von Mutter Trampeltier nach, ihren Gang an den Tagen, wenn sie ein Glas zuviel getrunken hat. Sie rächt sich, indem sie ihre Arbeit vernachlässigt; die Trinkgelder werden seltener; aber das ist ihr einerlei: sie nimmt sie sich vorweg, wenn sie die Zimmer macht. Und läßt ein Mieter eine Bemerkung fallen, dann geht sie sofort runter zur Chefin.

– Man respektiert mich nicht, kläfft sie. Ihre jungen Leute, das ist Verdorbenheit und Co. Wenn ich, Madame Lecouvreur, hier Chefin wäre, würde ich sie alle rausschmeißen!

Aber abends sagt sie zu ihrem Mann:

– Das Hotel, das ist ein gutgläubiges Haus! Wir wären blöd, wenn wir das nicht ausnutzen, Polyte!

Es war 10 Uhr morgens; Louise kümmerte sich um ihren Kleinkram, Lecouvreur und der Schleusenwärter Julot unterhielten sich über die Erweiterung der Gare de l'Est. Plötzlich betrat ein bärtiger, griesgrämiger Mann den Schankraum.

– Geben Sie mir einen Kaffee, bestellte er.

Er stützte sich auf den Tresen, hörte Julots Wortschwall zu und gab, als der Schleusenwärter verschwunden war, Lecouvreur heimlich ein Zeichen.

– Ich bin Inspektor bei der Sûreté, erklärte er und tippte mit dem Finger an seine Melone.

– Ach ja ..., sagte Lecouvreur.

Louise spitzte die Ohren. Sie rief:

– Wer ist das?

– Pst, machte der Inspektor. Bei ihnen wohnt ein gewisser Monsieur Adrien?

– Ja.

– Adrien wie? Zeigen Sie mir Ihr Meldebuch.

Louise schlug es auf und blätterte ein paar Seiten um. Der Inspektor holte ein kleines Heft hervor, machte sich ein paar Notizen.

– Zeigen Sie mir das Zimmer des Herrn, befahl er barsch.

Louise blickte bestürzt ihren Mann an, der einen Wischlappen zwischen seinen Fingern zusammenpreßte. Sie zitterte, als sie ihren Passe-partout nahm. Sie gingen in den ersten Stock hinauf; Louise öffnete die Tür von Nummer 5.

Der Inspektor schnüffelte.

– Riecht hier ein wenig merkwürdig?

– Er versprüht Parfüm ... wegen der Pferdeställe von Latouche.

Er ließ einen eisigen Blick auf Louise fallen.

– Haben Sie nie etwas Auffälliges am Benehmen ihres Mieters bemerkt?

– Nein. Er ist ein anständiger junger Mann. Wissen Sie, wir kennen von ihm keine Geliebte …

– Hat er viel Besuch?

– Ja … Freunde.

– Kein Skandal, wenn er Besuch hat?

Louise zögerte.

– Nein, antwortete sie mit verlegener Miene (nach einem heftigen Wortwechsel hatte Adrien sich soeben mit seinen Metrofreunden zerstritten).

– Er arbeitet?

– Und ob: er hat sogar eine gute Stellung …

– So, so! … meinte der Inspektor überrascht.

Er schloß sein Notizheft.

– Kein Wort über diese Sache, nicht wahr? sagte er im Weggehen.

Beunruhigt ging Louise hinunter. Die ganze Zeit über, in der sie das *Hôtel du Nord* betrieben, hatten sie noch nie Besuch von der Polizei erhalten. Sie unterrichtete Lecouvreur. Dann setzte sie sich hin. Vergangene Woche hatte sie einen anonymen Brief erhalten: man schrieb ihr, daß ihr Mann mit einem weiblichen Gast »unter einer Decke stecke«.

Sie runzelte die Stirn: »Irgend jemand will uns Unannehmlichkeiten machen«, murmelte sie. »Ich muß auf der Hut sein.«

XXXIV

Am ersten Donnerstag im Monat gegen 11 Uhr bemerkte Louise: »Gleich kommt Vater Deborger. Heute ist sein Ausgangstag.«

Müde betrat der Alte den Schankraum. Er hatte eine blaue Uniform an, schäbig und verblichen wie eine ausgediente Militärjacke;

er trug eine speckige Mütze, genagelte Schnürstiefel. Bellend stürzte Badour auf ihn zu.

– Hierher, Nônô, rief Louise ... Er erkennt sie wieder, Vater Deborger.

Sie reichte ihm die Hand:

– Nun, wie geht's?

Vater Deborger stützte sich auf seinen Stock und setzte sich mit umständlicher Vorsicht hin. Er knöpfte seinen Hemdkragen auf, atmete schwer, zog ein kariertes Taschentuch hervor, wischte sich die Stirn trocken und wiederholte:

– Was für ein Weg, mein Gott, was für ein Weg!

Wie früher schenkte Louise ihm einen kleinen roten Bordeaux ein und ließ ihn vor seinem Glas vor sich hin träumen.

Von Zeit zu Zeit nahm er einen Schluck. Zusammengesunken saß er da mit hängenden Armen und betrachtete die bunten Flaschen, die sich hinter der Theke reihten. »Schon wieder neue Aperitifs«, sagte er sich. Das Lokal war voller Gäste, ein paar junge Leute erzählten Witze. Immer dasselbe Durcheinander! Nur er selbst, er kannte niemanden mehr, Dagot, Kenel, Maltaverne, Mimar, alle Manillespieler waren aus dem Hotel ausgezogen. Letzten Monat hatte er zufällig Julot wiedergesehen, der befördert worden war. Achille war gestorben; und Ramillon, der »Haarschneider« ...

Louise riß in aus seiner Träumerei.

– Zu Tisch!

Sie hatte ein gutes Essen zubereitet. Vater Deborger setzte sich in die Nähe des Ofens neben Badour, knotete sich die Serviette um den Hals, legte seine alten Hände auf den Tisch und sah dem Patron beim Schneiden des Fleisches zu. Louise reichte ihm die Platte. Er bediente sich, brach sein Brot in kleine Stücke, und bedächtig fing er an zu essen.

Aber bald »stocherte« er.

– Trinken Sie einen Schluck, riet Lecouvreur.

Louise schritt ein.

– Dräng ihn doch nicht! Wir haben genug Zeit, nicht wahr, Vater Deborger?

Er richtete seine trüben Augen auf sie, und mit vollem Mund stammelte er:

– In Nanterre kriegt man so etwas nicht …

– Nehmen sie ruhig noch Salat.

– Dort, fuhr er fort, wird man schlechter ernährt als bei den Soldaten. Der Wein ist kein Wein, der Tabak kein Tabak, nichts … Er stieß einen Seufzer aus. Ach, wenn man mir früher gesagt hätte: Vater Deborger, Sie werden Ihre Tage im Armenhaus beenden … Zum Glück haben wir Ausgangstage …

Als das Essen beendet war, bot ihm Lecouvreur einen Cognac, eine Zigarette an, er blieb am Feuer sitzen, plauderte mit Louise, sah dem Zimmermädchen zu, das den Tisch abräumte, zögerte mit Fragen.

– Sie haben nicht mehr Ihre Haushilfe?

Louise schüttelte den Kopf.

– Sie war nicht so gut wie Renée, was? Ein gutes Mädchen, Renée Levesque. Das war zu meiner Zeit.

Lecouvreur gab ihm noch einen Kognak und eine Zigarette. Aufgekratzt erzählte der Alte haarklein Geschichten aus dem Armenhaus. Plötzlich warf er einen Blick auf die Wanduhr. Ungeschickt griff er nach Stock und Mütze.

– Darf nicht zu spät zurückkommen, weil dann … Schluß mit dem Ausgang!

Mehrere Monate kam er nicht wieder. An einem Frühlingstag sah Louise ihn den Schankraum betreten.

– Ach … Ich glaubte schon, Sie wären gestorben, sagte sie.

Vater Deborger schloß die Augen.

– Ich hatte wieder eine Attacke.

Er machte ein paar schleppende Schritte. Die Kleidung schlotterte um seinen Körper; sein Gesicht hatte eine erdige Farbe.

Louise half ihm, sich zu setzen.

– Hätten uns doch schreiben sollen!

– Schreiben ... Und die Briefmarken.

– Ich mache Ihnen gleich Mittagessen, das wird Sie wieder auf die Beine bringen. (Sie reichte ihm eine Zeitung.) Lesen Sie so lange den *Petit Parisien*.

Aber der Alte hatte keine Brille mehr. Er betrachtete den Fliesenboden, der Kopf hing schief über der Schulter, der Mund stand halb offen. Schon bald flatterten seine Augenlider; er nickte ein.

Louise weckte ihn auf, um ihn an den Tisch zu setzen. Sie mußte ihm das Fleisch schneiden.

– Nehmen Sie sich ein wenig zusammen, sagte sie mehrmals.

Der Alte blieb sitzen, die Nase überm Teller. Er bat darum, sein ehemaliges Zimmer wiederzusehen.

– Sie würden es nicht wiedererkennen!

Er stammelte:

– Das macht nichts ... das macht nichts.

Nach dem Kaffee halfen sie ihm hoch. Auf den Arm des Patrons gestützt, schleppte er sich in den zweiten Stock. Lecouvreur öffnete ihm die Tür von Nummer 27 und schrie ihm ins Ohr:

– Hier haben Sie gewohnt!

Vater Deborger sah den Patron unsicher an.

– Ich finde mich nicht mehr zurecht ... Das Bett stand dort hinten. Dort war ein Klapptisch ... Sehr praktisch. Direkt an der Wand. Gibt es keine Tapeten mehr?

– Nein. Es ist mit Schleiflack gestrichen. Wegen der Wanzen, antwortete Lecouvreur. Er klopfte ihm sanft auf die Schulter. Kommen Sie ... Sie gingen wieder hinunter.

– Ich habe Ihnen einen Bissen zurecht gemacht, Vater Deborger, sagte Louise und steckte ihm ein Päckchen in die Tasche. Sie drückte ihm 10 Francs in die Hand, rückte ihm das Jackett zurecht, dessen Kragen Falten warf.

– Auf Wiedersehen! Und vergessen Sie nicht wiederzukommen.

XXXV

An diesem Morgen lag der Kanal in der prallen Sonne. Lecouvreur ließ die Markise herab, nahm einen Stuhl, den er in die offene Tür stellte, zündete sich eine Zigarette an und setzte sich rittlings hin.

Vom Schleusenwärterhäuschen aus blickten vier Männer zum *Hôtel du Nord* hinüber. »Die sind von der Polizei« sagte sich Lecouvreur. Sie redeten lebhaft. Einen Augenblick später überquerten sie die Straße, blieben vor Latouches Hof stehen, und einer von ihnen entfaltete einen Plan.

Lecouvreur war ganz Ohr. Ein plötzlicher Gedanke schoß ihm durch den Kopf: der Zwangsverkauf! Da er darüber immerfort dasselbe sagen hörte, nahm er es nicht mehr so ernst. Und trotzdem ... Seit die Gleise des *Chemin de fer de L'Est* bis an den Kanal stießen, baute man viel in der Nachbarschaft. Eine Gesellschaft, die *Cuir Moderne*, war in Verhandlungen mit den Hausbesitzern an diesem Teil des Quai de Jemmapes eingetreten ...

Zwei Männer maßen mit einer Meßkette die genaue Entfernung zwischen der Rue de Bichat und dem Hotel. Sie blieben neben Lecouvreur stehen, der aufsprang.

– Pardon, Messieurs, sagte er zögernd, ich bin der Patron des *Hôtel du Nord* ... Stimmt es, daß ich zwangsweise verkaufen muß? Einer der beiden Männer betrachtete die Fassade, verzog das Gesicht und brummte vor sich hin.

– Man wird sie rechtzeitig unterrichten.

Lecouvreur ereiferte sich:

– Sie glauben, daß ich mich einfach vor die Tür setzen lasse. Ich habe Anteile ...

Ohne eine Antwort drehten seine Gesprächspartner ihm den Rücken zu. Hals über Kopf stürzte er ins Haus.

– Louise! Louise! rief er.

Seine Frau lief herbei.

– Was ist mit dir passiert? Du bist wie von allen Hunden gehetzt!

– Man wird uns rauswerfen. Ich hatte gerade Krach mit den Architekten.

Er stotterte. Er zog Louise nach draußen.

– Sieh sie dir an. Aber das wird nicht so ohne weiteres gehen.

Er war bleich. Er ging erst wieder rein, als die Gruppe die Drehbrücke überquert hatte ...

Ein Monat verstrich. Lecouvreur hatte diesen Vorfall fast vergessen. Unvermutet kam eines Tages der Eigentümer vorbei, um ihm offiziell mitzuteilen, daß man ihn enteignen würde und er seinerseits sein Grundstück der *Cuir Moderne* verkauft hätte.

Lecouvreur höhnte:

– Arrangieren Sie sich, wie Sie wollen; aber ich, verstehen Sie, ich werde nicht weggehen! Mein Pachtvertrag ...

– Hören Sie einen Augenblick zu, unterbrach ihn der Eigentümer. Ihr Pachtvertrag endet bald, nicht wahr? ... Und behutsam erläuterte er Lecouvreur alle Vorteile, die er, wenn er sich geschickt anstelle, aus dieser Angelegenheit ziehen könne. »Zum Teufel, rief er zum Schluß, sagt Ihnen das nicht zu, als Privatier zu leben?

– Wir hätten es wohl verdient, murmelte Louise.

Lecouvreur holte sich Rat bei seinem Schwager und bei ein paar alten Freunden. Er hatte sich fest gebissen. So viel Mut er beim Kauf seines Hotels bewiesen hatte, so sehr war er heute in Unruhe bei dem bloßen Gedanken, den Quai de Jemmapes verlassen zu müssen. »Emile, das ist alles Gefühlsduselei«, erwiderten sie ihm. Er suchte den dicken Latouche auf, der sich in derselben Lage befand. »Ich lasse mich breitschlagen, erklärte der Rollkutscher. Sie zahlen einen anständigen Preis, nichts gegen zu sagen. Sobald ich meinen Zaster habe, gehe ich aufs Land zurück und auf Nimmerwiedersehen!«

Zwischen gegensätzlichen Meinungen hin- und herschwankend willigte Lecouvreur schließlich ein. Was für eine Erleichterung! Aber er war noch nicht am Ende seiner Sorgen.

»Wo soll ich hingehen in meinem Alter ?« knurrte Pélican bissig wie ein Hund, dem man seinen Platz am Feuer streitig macht. Vater Louis rief:

»Ihr seid Spekulanten.«

Louise beruhigte sie, fand für die beiden in der Rue de la Grange-aux-Belles zwei Zimmer im *Hotel du Bon Coin.*

Pluche war der einzige, der freudig seinen Auszug begrüßte.

– Das trifft sich gut, verkündete er, ich wollte euch ohnehin verlassen ... Ich übernehme ein Bistrot in Montrouge. Mein Gott, man muß auf seine alten Tage ein Unterkommen finden!

Eines Sonntags packte er seine Möbel und seine Küchengeräte auf einen Handwagen, sagte Lecouvreur auf Wiedersehen, klemmte sich zwischen die Deichsel und zog munter davon.

Für die jungen Leute waren alle Hotels gleich. Ungerührt gingen sie einer nach dem anderen mit ihrem Koffer in der Hand fort. Den Paaren mit all ihrem Plunder fiel es schwerer, sich loszureißen.

– Sie brauchen sich mit dem Auszug nicht zu beeilen, das Haus steht ja noch, sagte Louise zu ihnen.

Wehmütig half sie bei diesem Exodus. Ohne Ziel ging sie langsam durch die Flure, durch die Zimmer, wo jeder Gegenstand sie an ihre Mühen erinnerte. Alles war bereits mit Staub bedeckt. Der Lärm einer im Wind klappernden Tür ließ sie hochfahren. Nun ängstigte sie die Einsamkeit, und sie ging wieder hinunter zu ihrem Mann.

Lecouvreur saß mit den aufgeschlagenen Geschäftsbüchern an einem Tisch und schlug sich mit Zahlen herum. Als er seine Frau eintreten sah, legte er den Federhalter weg, nahm die Brille ab und sagte zum ersten Mal: »Wir sind nicht auf Rosen gebettet, aber es reicht für ein bescheidenes, sorgloses Leben.« Stolz fügte er hinzu: »Ich habe eben ein Dutzend Bettdecken an einen Juden verhökert.«

Um sein Hotelinventar loszuwerden, hatte er ein paar Anzeigen in die Zeitungen gesetzt. Auf diese Weise verkaufte er, wenngleich zu niedrigen Preisen, Kleinkram und Bettwäsche, aber er fand keinen Käufer für die größeren Objekte: Stühle, Tische, Schränke ... Schließlich nahm er das Angebot eines Trödlers an. Das Doppelbett aus Nummer 40, die Kiefernholzeinrichtung aus den Nummern 14, 21, 25, die Messingbetten, die Tische aus Massiveiche, der Tresen, alles, was seinen und Louises ganzen Stolz ausmachte, nahm den Weg zum Flohmarkt.

Das *Hôtel du Nord* wurde einem Abrißunternehmen überlassen. Arbeiter rissen die elektrischen Kabel heraus, die Bleirohre, nahmen Türen und Fenster raus, zerlegten das Haus Stück für Stück wie eine Maschine und stapelten das Material im Hof von Latouche.

Louise ging hinaus, um ihnen bei der Arbeit zuzusehen, sie seufzte tief.

– Los, Chefin, sagte ein Arbeiter, Sie müssen sich einen Grund zurechtlegen, sie war doch ziemlich alt, Ihre Bruchbude.

– Oh, ich weiß wohl, antwortete sie.

Sie ging zurück ins Café. Auch dort war alles in Unordnung, Packer vernagelten Kisten, leerten Schränke. Emile hatte in der Nähe der Buttes-Chaumont eine Wohnung angemietet, wo sie jede Nacht schliefen. Sie ließ ihre Sachen dorthin bringen, aber die Einzelheiten des Umzugs überstiegen ihre Kräfte, und es war ihr Mann, der sich um die Neueinrichtung kümmern mußte ...

Eines Morgens sagte der Unternehmer zu ihr, daß sie nicht länger bleiben dürfe, denn die Arbeiter begännen jetzt, das Mauerwerk abzureißen. Folgsam überquerte sie die Straße, setzte sich auf eine Bank am Schleusenwärterhäuschen, von wo aus man das Hotel sehen konnte.

Es war ein Bau, der aus Gipsplatten und alten Holzbalken bestand. Ein Lied auf den Lippen schlugen die mit Spitzhacken und schweren Hämmern bewaffneten Arbeiter große Stücke aus den Wänden, die krachend einstürzten; Gipsschutt fiel in den Hof und bedeckte wie Schnee zwei von Latouche zurückgelassene Fuhrwerke.

Die Treppen, die Flure öffneten ihren dunklen Schlünde. »Sie sind jetzt in der 28 ... Die dort in der 27«, sagte Louise leise. »Sieh an, die sind bei Pélican.« Sie erkannte jedes Zimmer an irgendeinem Detail, an der Farbe der Tapete, die sie ausgesucht hatte. Das Hotel kam ihr vor, wie in enge Abteile aufgeteilt, wie ein Bienenstock; sie wunderte sich darüber, daß sechzig Personen darin gelebt hatten. Sie sah, wie sich ihre Mühe der letzten Jahre in Nichts auflöste; ihre Vergangenheit verschwand Stück für Stück. Ihr fielen wieder Namen von Mietern ein, Erinnerungen, die mit jedem von ihnen verknüpft waren.

»Ich werde verrückt«, stammelte sie. Und sie fuhr sich mit der Hand über die feuchte Stirn.

Am vierten Tag ließ der Abrißunternehmer Seile an den Mauern befestigen, die noch aufrecht standen. »Eins, zwei ...« Die Arbeiter hingen an den Tauen und zogen mit aller Kraft.

Plötzlich fielen mit einem Schlag die Wände der ersten Etage zusammen. Louise stieß einen Schrei aus und stürzte nach vorn. Eine weiße Staubwolke machte sie blind; sie stolperte über Steine, vergebens versuchte sie unter dem Schutt die Stelle ihres Zimmers wiederzufinden.

– Sie haben wohl niemals den Krieg erlebt, sagte der Bauunternehmer zu ihr. Gehen Sie lieber, meine kleine Madame, damit wir es zu Ende bringen.

Er verjagte sie wie einen Eindringling. Wortlos entfernte sie sich.

Louise mußte sich an ihre neue Wohnung gewöhnen; die Zimmer waren klein, ein wenig trostlos. Sie richtete sich ohne Begeisterung ein. »Geh raus, anstatt Gedanken zu wälzen«, riet ihr Lecouvreur. Er selbst machte auf Privatier; er ging oft zum Angeln an den Kanal und brachte Neuigkeiten vom Quai de Jemmapes nach Hause.

– Komm mit, Louise, schlug er an einem Nachmittag vor. Du wirst sehen, wie weit die Arbeiten seit unserem Auszug schon sind.

Sie sah zum Fenster, das von der Wintersonne schwach erhellt war. »Gerne.« Sie schlug sich ein Tuch um die Schultern und folgte ihm.

– Die *Cuir Moderne* errichtet phantastische Büros, weißt du … fing Lecouvreur an.

– Laß mich in Ruhe mit diesen Leuten.

Sie gelangten an die Ecke der Rue de la Grange-aux-Belles. Lecouvreur zog seine Frau Richtung Kanal, und sie kamen zu der kleinen Grünanlage, die mit ihren kahlen Bäumen traurig wirkte. Man vergrößerte die Schleuse. Rundherum war der Erdboden aufgeweicht: Lastwagen blieben im Morast stecken und die Fahrer kletterten fluchend von ihren Sitzen.

– Hier bleibe ich nicht länger, erklärte Louise.

Sie setzten sich weiter weg, in gehörigem Abstand, auf eine Bank. Vor ihnen lag die Baustelle der *Cuir Moderne*, ein Wirrwarr von Stahlträgern, Ziegelbergen, Bruch- und Quadersteinen; zwei Kräne streckten ihre Ausleger über dieses Baumaterial, nahmen es auf, balancierten es durch die Luft und setzten es dann mit Kettengerassel woanders ab.

Louise blieb still. »Es ist, als habe es das *Hôtel du Nord* nie gegeben, dachte sie. Es wird davon nichts übrigbleiben … nicht einmal ein Foto.« Sie schloß die Augen. Mit aller Kraft versuchte sie sich ihr ehemaliges Zuhause vorzustellen, die grauen Mauern, die drei Stockwerke mit den Fensterreihen, und noch weiter zurück in der Vergangenheit die Zeit, die sie nicht gekannt hatte, als das Hotel nur eine Herberge für Flußschiffer gewesen war …

Lecouvreur beugte sich zu ihr:

– Was sagt du dazu?

Mit ausgestrecktem Arm zeigte er auf das Baugerüst der *Cuir Moderne*, das bereits die dritte Etage erreicht hatte.

Editorische Notiz

»Ich verbringe täglich mehrere Stunden in diesem kleinen Hotel, das meine Eltern noch immer betreiben. Nirgendwo fühle ich mich so aufgehoben wie an diesem Ort ... Ich befinde mich nicht mehr im Umfeld von Intellektuellen, Künstlern oder bourgeoisen Mitmenschen. Ich höre anderen Geschichten zu, die nie frei erfunden, willkürlich, literarisch sind, und ich finde darin das Leben, das wahre Leben.«

So Eugène Dabit in einer Tagebuchaufzeichnung aus dem Jahr 1935. Diese Eintragung endet in der Hoffnung, vielleicht einen zweiten Roman dieser Art zu schreiben, ein »Hôtel du Nord 1936«. Aber dazu kommt es nicht mehr.

Am 21. September 1898 geboren, wächst Dabit in Paris auf. Mit vierzehn beginnt er eine Schlosserlehre, 1916 kommt er zur Artillerie und entdeckt in der Zeit des Krieges seine Liebe zur Literatur und seinen Wunsch, selbst zu schreiben. Zunächst widmet er sich jedoch der Malerei, die ihm nach einigen Jahren als zu schwierig erscheint. 1926 schreibt er den autobiographischen Roman *Petit-Louis*, der 1930 veröffentlicht werden sollte. 1927 lernt er André Gide, bald darauf Roger Martin du Gard kennen. Die Freundschaft zu Gide ermutigt ihn zur ersten Version des *Hôtel du Nord*, die endgültige Fassung erscheint 1929.

Woher kommt die starke emotionale Bindung Dabits an die Welt des Canal St. Martin? Seine Eltern stammen aus dem Arbeitermilieu, der Vater war zunächst Rollkutscher, die Mutter Putzfrau. Unter großen Opfern erwerben sie dieses Wohnhotel kleiner Leute an der berühmten Drehbrücke im 10. Arrondissement. Die unmittelbar eigene Welt des heranwachsenden Eugène bildet also den Hintergrund dieses Romans. Gespür für die Nöte und Ängste, aber auch für die Lebensgier der Menschen, die dem Leser begegnen, kennzeichnen den Text, machen ihn in seiner Echtheit zeitlos.

Der Direktheit dieser Menschen untereinander entspricht Dabits Sprache: schnörkellos, frei von epischer Überdehnung, genau und packend. Sie unterbindet jede überzogene Dramatisierung, macht die Beschreibung bizarrer Existenzen frei von jedem Klischee. Die Eindringlichkeit der fünfunddreißig kleinen Kapitel, kleiner Episoden, erweckt die verschwundene Welt der Flußschiffer und Manillespieler zu neuem Leben, das Porträtbild tritt aus seinem Rahmen.

Die Verfilmung des Stoffes durch Marcel Carné mit den Schauspielerberühmtheiten Arletty, Louis Jouvet, Bernard Blier aus dem Jahr 1938, die einen epochalen Beitrag zum französischen Realismus darstellt, ist eine postume Hommage an den früh verstorbenen Schriftsteller.